ささやくように触れて

崎谷はるひ

幻冬舎ルチル文庫

CONTENTS ✦目次✦

ささやくように触れて

✦カバーデザイン＝齊藤陽子（CoCo.Design）
✦ブックデザイン＝まるか工房

イラスト・緒田涼歌✦

ささやくように触れて

部屋に入り込むなりまず視界に入ってきたのは、十二畳ある広いリビングルームのセンターに位置する、毛足の長いラグの上で、死んだように眠りこけている男の姿だった。

「やっぱし寝てるよ」

江角直樹《えすみなおき》は肩のあたりで揺れる茶色がかった長い髪をざらりとかきあげ、誰に聞かせるでもなくぼやいた。光を孕《はら》む瞳は大きく、尖らせた口元はふっくらと少女めいた輪郭《りんかく》を持っている。しかしややきつい感じのする眉《まゆ》のラインで、女性めいた柔和さを相殺《そうさい》している。

ついいましがた、このマンションにたどり着く直前に起こったハプニングによって、どんよりと落ち込んでいた直樹は、目の前のそのあまりに太平楽で見慣れた光景に脱力感を覚えてしまう。

名ばかりの春、外はまだ切りつけるような風が吹いているというのに、暖房のがんがんに効いた部屋の中はむっとするほど暑い。

直樹は滲《にじ》んできた汗を不快に思いながら、古着屋で買った厚手のアーミージャケットを脱いだ。

「執行《しぎょう》さん、……執行さん？　起きないと風邪ひきますよ？」

「んん……?」

肩を揺すって声をかけてみても、執行と呼ばれた男は起きる気配もない。大体、直樹がこの部屋にあがる前に電話を三回、インターホンを五回は鳴らしたのだが、一度として応答がなかったのだ。この程度で起きるようなら、そのいずれかにとっくに反応していることだろう。

「だめだ、こりゃ」

あきらめの吐息をした直樹は立ちあがり、まずはキッチンへと向かった。コーヒーメーカーのスイッチを入れ、ついで換気の悪い部屋に風を通そうと、ベランダのガラス窓を次々に開けていく。

ベランダに降り立つと、眼下の眺めの良さに、爽快感《そうかいかん》とともに足がすくむような痺《しび》れを感じた。

それが、先ほど銀行の自動振り込み機の前で感じた絶望感に酷似《こくじ》していて、直樹の形良い眉は無意識に狭められる。

「たっけえなあ」

十五階建てのこの高級マンションの最上階で、家賃はいったいいかほどなものか、あえて執行に訊《たず》ねたことはないので知らなかった。しかし、たいそうな金額であろうということだけは、まだ若く世事に長《た》けていない直樹にさえもうっすらと想像がつく。

執行の実家も結構な資産家だと聞いたことがあるので、もしやすると賃貸ではなく彼の持ち物なのかもしれない。

(あるところには、あるもんだよな)

そのお高い部屋は、いま直樹の足下で寝こけている男、売れっ子イラストレーター、執行光彦《みつひこ》の自宅兼仕事場である。

そして、アルバイトのアシスタントである直樹の仕事は、たいてい寝穢《いぎたな》い執行をたたき起こすことからはじまる。

「センセー……執行センセー、ちょっといい加減起きてくださいよ」

どんなに悩み事があろうと、仕事をはじめなければどうにもならない。ましていまは一円でも金が欲しいのだ。

執行の転がっている脇には丈の低いテーブルがある。その上には、執行が描き散らしたまま放置している、アイデアスケッチやラフカットが山と積まれていた。

そのカンプパッドの束を横目に見やり、思わずうっかり「コレ裏でさばいたら儲《もう》かるだろうなあ」と呟いて、はたと直樹は我に返る。

(やばいやばい、それじゃこそ泥と同じだって)

いくら執行が自分の絵に執着がなく、ラフや習作をしょっちゅう無くす男でも、それはまずいだろう。

「センセー、執行さんてば！　起きて！」

　魔が差したようなよからぬ企てに、根が正直な直樹はひどく後ろめたい気分になり、やや荒っぽく声をかけた。これ以上妙な気を起こさぬうちに頼むから起きてくれと、執行の大柄な身体《からだ》を揺さぶる腕の力が強くなる。

「あと、五分」

　直樹が困り果てているというのに、執行は情けない返事をする。

「直樹くん……頼む……ぼくは、寝たのは朝なんだよ」

　かすれて低い、甘い声は、しかしすこしも幼い響きはない。

　ストレートのジーンズに包まれた、引き締まった腰から続くいやみなほど長い足を子供のように曲げた執行は、寝乱れた真っ白いコットンシャツ一枚ではやはり寒いのか、ベランダからの外気に広い肩をすくめて丸まった。

　厚着では仕事がしづらいと、年間を通して執行はこのような軽装ばかりだ。寒い季節も暑い季節も空調を効かせてやりすごしているので、電気代もきっとすさまじいに違いない。

「だからもうちょっと早めにやろうって、俺、前に言ったじゃないっすか！」

　小言を垂れつつ直樹が肩先を乱暴に揺すぶると、抵抗するように愚図《ぐず》り、さらに身体を丸めてみせる。

「眠い……いまさらだろう、それは」

執行は、そんな図体《ずうたい》に似合わない仕種《しぐさ》さえ、妙に絵になる男だ。先日出版された二冊目の執行のイラスト集は、編集者に請われて渋々入れた著者近影のおかげで、一冊目よりも部数が跳ねあがったと言われている。失礼な噂だったが、あながち嘘とも言い切れない。

細身で一九〇センチ近い長身、ノーブルで端整な顔立ちの人気イラストレーター、おまけに独身とくれば、若い女性に人気が出ないはずはない。

（……生写真ならいいだろうか）

薄い瞼《まぶた》の先、けぶるような睫毛《まつげ》が落とす影の濃さに、ふと直樹は思ってしまう。ファンクラブあたりに「執行光彦の寝顔」とか売りつければ、一枚千円は固いだろう。むしろそのほうが、自分の良心は咎《とが》めまいと思いつつも自分の役割を思いだし、直樹はしかたなく最後の手段に出る。

「自業自得なんだから、だめです……よっ！」

眠りの象徴であるかのように、ラグにしがみつく執行を許すかと、ラグの端を引っ張って容赦なく、冷たいフローリングに縦に長い身体を転がす。

「……あ痛っ、冷たい！」

情けない声をあげて、寝《ね》ぼけ眼《まなこ》のまま恨めしげな顔つきになる執行に、直樹は内心で呟いた。

（俺、なんでこんなひとのファンなんだろう）

逆に言えば、ファンだからこそ、情けない姿が余計気にも障るのだが。

才能と容姿とその他諸々、天から二物も三物も与えられた執行という男の、最大にして唯一の欠点はこの寝穢さだ。

(このひと、コレさえなきゃあパーフェクトなのに)

だからこそ、取り立てて役にもたたない直樹のような「アシスタント」の存在が必要なわけで、それを思えば複雑になる。


思い起こせばまだ中学生になったばかりの頃、友人に借りて読んだ小説の挿絵《さしえ》を手がけていたのが執行だった。以来直樹は、現在進行形でずっと彼のファンなのだ。

現在の直樹は十八歳であるが、青春まっただ中の五年間、少々ミーハーで移ろいやすい少年の嗜好《しこう》はしかし、執行だけを別格に取り扱ってきた。

大胆で流麗なイラストに魅せられ、触発され影響され、自身の進路にもそれは及んだ。

しかし残念ながら直樹に画才のないことは、受けた端から落ちてしまった美大への受験結果が教えてくれた。まわりは残念がったけれど、描くことや、作品を生み出すことにカタルシスを感じるタイプではないので、結果としては当然かもしれないと、直樹自身はさほど落《らく》胆《たん》することなく感じてもいた。

とはいえ、まるきりあきらめたわけでもなく、この春からは美術系の専門学校に進むことにした。好きなものに近しい場所で仕事がしたいと、できればデザイン業界か、それにまつわる出版業界などに勤めたいと思っている。

いずれ執行のイラストに関わる仕事ができたなら、どんなに幸せだろうと、彼の存在を知ったときから直樹は夢見ていた。

熱意とそれに見合う努力は見事に運を呼び、偶然にも執行の知人からアシスタントを探していると紹介されて、彼のマンションに通うようになったのは、ちょうど二年ほど前のことだ。

美大受験のため、高校にあがると同時に通っていた美術研究所。そこの職員が、掛け持ちのアルバイトとしてある美術雑誌のコラムニストをやっており、執行と昵懇《じっこん》の編集者から頼まれたという経緯《けいい》だった。

——おまえ、執行光彦のファンだったろ。雑用ばっかだけど、やるか？

呼びだされた研究所の事務室で、執行フリークで有名だった直樹に、否やがあるはずもないだろうと苦笑しつつもその職員は話を切り出した。聞かされた内容は事務処理や、絵の整理という身の回りのお世話的なものだったが、直樹は一も二もなく飛びついた。

雑用でしかない細かな整理ごとは、真面目にイラストレーターを目指している人間には不満な仕事だろうが、動機と目的がすべて執行に帰する直樹にしてみれば、願ったりのことだったのだ。

いまではだいぶん見慣れたけれど、はじめて顔を合わせたときには、噂以上写真以上の執行の男前ぶりを目の当《まあ》たりにして、直樹は恐ろしく驚いた。

そして初仕事の日、学生服のまま緊張しまくった直樹に、はじめに執行が教えてくれたのは、このマンションのオートロックの解除番号だった。

言うなれば合い鍵を渡されてしまったようなもので、直樹は少々腰が引けた。だだっ広い3LDKは男の一人暮らしらしく華美な装飾はなかったけれど、ファニチャーやインテリアにはさりげなく金がかかっている。おまけに、契約書や、一部現金の入ったちいさめの耐火金庫も寝室に置いてあるし、なにより書庫兼物置の東側の部屋には、執行光彦の原画がごっそりなのだ。

直樹と執行のイラストとの出会いはSFホラー小説の挿絵だったが、そのシリーズは刊行からそろそろ十年経ち、二十五巻を越えるいまでも完結されていない。根強く熱狂的なファンが多いため、新刊が出ればその時期のベストセラーには必ず入る有名な作品だ。

執行の仕事の中ではとりわけマニアックな部類に入るそれらの原画は、マニアには垂涎《すいぜん》もののお宝になるわけだ。

その宝の山への出入り自由のお墨付きに、責任を感じて青ざめた直樹だったが、二年あまりも経ってみれば慣れもする。それに、今日のように執行が眠ってしまうと、アルバイトの時間になっても閉め出されたまま、という事態もよくあることなのだ。

直樹のちいさめの頭に収められた十二ケタの番号は、仕事上もっとも必要な知識だといまでは知っている。


「ほらもう、いい加減に起きてくださいよっ！」

おらおらっ、と雇い主の両脇から腕を差し込み、とにかくソファに座らせる。一七二センチの自分より十五センチ以上も上背のある男をこうして無理遣り抱えあげるのも、すっかり慣れてコツも摑《つか》んだ。

あきらめの吐息をした執行は、その長い指で、寝乱れても艶のある黒髪を緩慢な動作で掻き混ぜた。ラフカットの散らかった机の上にある煙草を彼が手に取ったのを見て、ようやく起きたなと直樹は判断する。ぼんやりとした執行がスケッチを焦がす前に、手早くテーブルの上の紙片を片づけた。

執行のマルボロが半分ほどの長さになる頃、部屋の空気もすっかり入れ替わる。直樹が窓を閉めると、コーヒーの香ばしい薫りがキッチンから流れてきた。

「はい、おはようございます」

日の高さが示すとおり、時刻は正午を回っていたが、吐息混じりに告げる直樹が大振のマグカップを執行へ差し出した。

「おはよう」

熱いそれをすすり込みながら、執行はようやく直樹に目線を向ける。

手荒な起こしかたをしたアルバイトに怒るでもなく、切れ長の瞳でやわらかに微笑《ほほえ》んでみせながら執行は甘い声で続けた。

「ごめんよ、だいぶん待った？」

「？……いえ、いつものことっすから」

締め切りが立て込むと、執行の時間の概念が吹っ飛ぶのはしかたのないことだ。この二年で慣例になってしまったせいで、どうという感慨もない。

はじめのうちは恐縮していた執行も、自分の生活ペースがメチャクチャなのは知り抜いているので、『謝ったりするのはナシにしていい』という直樹の言葉を容《い》れて、わざわざ言葉にすることはなかったのだが。

それこそいまさらの謝罪に首をひねると、

「いや……直樹くん、なんだか機嫌悪そうだから」

という、ストレートな答えが返ってきた。

執行はたしか今年三十五になる筈だったが、見た目は二十代後半で充分に通る。

芸大在学中からこの仕事をはじめ、ほとんど社会人生活を送ったことがないせいで、年齢などのタテ割り意識があまりない彼は、仕事に関しては一切妥協しないが、我の強い人種の多いクリエイターにしては珍しく鷹揚《おうよう》で、物腰はやわらかい。

世間ずれしていない分、やや直截《ちょくせつ》すぎるきらいもあるが、まだ若い直樹にはつきあいやすい人間だった。

「や……執行さんのせいじゃないっすから」

表情は少々乏しく、顔立ちが端整なだけに冷たく見える執行だが、彼はこれでひとがよく、穏やかで気もやさしい。

温和で話しやすい執行には、直樹も悩み事や相談を持ちかけることもままにあり、単なるバイト先の上司というには二人の精神的な距離感は近い。進路に関してもいろいろと親身になってもらって、結構感謝している。

「なにかあったの？」

進学を決めた専門学校も、執行のアドバイスに添って決めたものだったことを思いだした直樹は、やんわりと訊ねられた言葉に答えることができず、深いため息をつく。

執行を起こすため、いつも通りにばたばたと動き回っている間は忘れた気分でいたけれど、問題はなにひとつ解決してはいない。むしろどうしていいのかわからないせいで、パニックを起こした脳は慣れた行動を取ることで落ちつこうとしたのかもしれない。

（ほんとに、どうしよう）

いままでの相談のように、おいそれと持ちかけることのできる類《たぐい》の話ではないだけに、直樹は乾いた唇を舐めて逡巡《しゅんじゅん》する。

「直樹くん？」

だが、向かい合わせに座った執行のきれいな瞳に覗き込まれ、その甘やかすような視線にすがりたい気持ちになって、言うつもりもなかった言葉が零《こぼ》れてしまう。

「落としちゃって」

「なにを？」

質問に、かなりの間を置いた後、苦い声で直樹は呟くように言った。

「金」

「ああ」

それは困ったね、と言いさした執行に、暗い視線を向けた直樹は、思いだすだけで地の底まで落ち込みそうになりながら、重い声で続ける。

「専門学校の、入学金の……手付け、五十万」

「え」

どんよりと呟いた直樹に、執行もさすがに目を見開く。

長い指に挟まれた煙草から、ぽろりと落ちた灰がテーブルを汚したが、二人ともそんなことには気づかなかった。

「記入済みの書類といっしょに……ああああああ」

うめいた直樹は、この日の午前中の悪夢を思いだし、両手で顔を覆ってテーブルに突っ伏した。

「どおしよおおお……！」

＊　＊　＊

出かけに母親から渡された厚い封筒を、折り畳んだ入学届けの書類とともに、デイパックのポケットに入れたところまではたしかに記憶があるのだ。

ことごとく受けた大学に滑った息子へ、少々複雑な視線で金を渡してくれた母親に目礼で感謝を示し、普段持ち歩かない大量の現金に、直樹も緊張して、結構気を配りながら歩いていたつもりだった。

卒業式をすませ、いつもよりも長い春休みに入ってからは、執行の仕事場へ毎日通っていた直樹は、この日も世田谷《せたがや》の彼の家に向かうつもりだった。

大金を長時間持つのは気掛かりなので、駅前で振り込みを済ませた後、電車に乗り込むつもりだったのだが、そこでハプニングは起きた。

直樹の使っている私鉄の小さな駅の前には、銀行はひとつしかない。そのビルも複合テナントになっているのだが、なんと昨日深夜、そのビルの二階にあるカラオケボックスからボヤが出たとかで、機械が水をかぶり、臨時休行になってしまっていたのだ。

「うわ、まじかよ」

お詫びのはり紙を見てぼやいた直樹は、気のせいかいつもより重い気のするデイパックを軽く揺すって担ぎなおす。

すこし歩けば、別の銀行のキャッシングコーナーの無人サービスがあるのは知っているが、結構な遠回りになるため、往復で二十分ほどかかってしまう。

そこで億劫《おっくう》がらずに行けば良かったのだが、バイトに遅れることも気が引けて、そのまま電車に乗り込んでしまったのだ。

そして、執行のマンションの最寄り駅に降り立ち、振り込みのために指定された都市銀行の、ATMの前で――。

デイパックのポケットのジッパーが、開いたまま空になっていることに、直樹は気づいたのだった。


「それで……調べてみたの？」

話を聞き終えた執行は、同情するでもなければ直樹の失敗を笑うでもなく、まだ眠気を引きずっているのか、どこか気が散っているような、不思議な表情で静かに言った。

「電車に乗ったときはたしかにあったから、来る途中に落としたんだと思って、一応警察と駅の遺失物係に届け出してきました」

うなだれたままの直樹は、彼の切れ長の瞳が奇妙に強い光を放っていることには気づかず、力無い声で答える。

「スられた可能性は？」

「それはないと思う……電車ん中も、道も空いてた」

直樹の答えに、ふう、と執行は吐息する。

「ウチに遅刻すると思って、か……罪悪感、覚えるなあ」

「え」

茶化《ちゃか》しや当てこすりなどではなく、本気で言っているらしい執行の言葉に、直樹は慌てて目の前で手を振った。

「すみません、すみません、俺そんなつもりじゃっ」

「でも、ぼくがもうちょっとちゃんとしてれば、直樹くんを焦らせることもなかったんだから」

金を落としたのはまったく直樹の不注意ですこしも彼の咎《とが》ではないのに、きれいな瞳を細めてごめんねと呟く。

執行のそんなひとの良さに呆《あき》れつつ、傷心の直樹には充分すぎる慰めになる。

そして実際、執行の言ったことは大げさとも言い切れないのだ。

なにしろ執行は、春休みになって直樹が毎日顔を出すようになってからというもの、起こしてもらうのをあてにしているふしがある。つまり直樹があのマンションにたどり着かないかぎり、図体のでかい眠り姫はいつまで経っても仕事に取りかからないのだ。

イラストや仕事の整理にパソコンを導入したはいいが、いまどき珍しくコンピューター類をまるで使えない執行の代わりに、それらを扱うのがアシスタントとしての本来の直樹の仕事だ。

スキャナであがったイラストを読み込み、タイトル付けとナンバリングをする。スキャナで読めないような大きなものはまず写真に落とすなどして原画を整理し、ファイルやカルトンにそれと同じ番号を振ることで、ごちゃごちゃだった書庫を片づけ、どこになにがあっていつやった仕事なのかを一発で見分けられるようにしたのも直樹だ。

はじめて来た頃には、執行がこの十年でやってきた仕事を一から整理するため、来る日も来る日もスキャナとお友達の状態だったが、近頃どうにか片がつき、新作ができるごとに入力するだけですんでいる。

中には執行自身が忘れてしまったようなものもあったが、そこは長年のファンである。自宅にあるスクラップブックと照らし合わせたり、友人の執行ファンに聞いて調べたりという裏技を駆使して、描き散らした落書き以外は完璧にファイリングをすませてしまった。

おかげで暇になった分、近頃とみに寝穢い執行を叩き起こすことと、編集者やクライアントの代わりに活を入れることにばかり心血を注ぐ羽目になっている。

しかし、執行も好きこのんでだらしない生活を送っているわけではないのは、直樹も知っていた。

この数年、ファンにとっては有り難いことだが仕事が立て込んで、徹夜徹夜で仕事をこなしているうちに執行の昼夜は逆転し、仕舞いには生活ペースそのものがガタガタになってしまったのだ。

訪れる直樹が部屋の鍵を開けるたび、彼はいつも床やソファ、ぎりぎりの余力があればベッドに、死んだように転がっている。

そんな執行を見るにつけ、本当に心配になってしまう。こんな状態がこれ以上続けば、彼の身体が保つわけもないのだ。執行の年齢からいっても、そろそろ無茶というものだろう。

幸いというかオファーの少ないこの時期に、早く仕事を終わらせて、もうすこしまっとうなペースで生活したほうがいいと思えばこそ、口うるさくなってしまう。

だからこそ、受験期に入ってもバイトをやめることもしなかった。この春休みにも予定を立てず、毎日執行のところに通うことにしたのも同じ理由からだ。

「でもこれは俺の不注意だから、執行さんのせいじゃないっす。……つか、まあ」

そう、誰のせいでもない。自分がいちばん悪いことだって判っている。

問題は責任の所在《しょざい》ではなく、どう解決するかということだ。

親にはとてもじゃないが、もう一度金を出せとは言えない。直樹の下の弟も今年私立の高校にあがったばかりで、共働きの両親が教育費に苦心しているのは重々知っている。

それなら自分でその大金を出せるかといえば、答えはもちろんNOだ。美術系の専門学校は普通教科とは違い、消耗品である画材費が結構かかるため、直樹の小遣いや執行にもらうバイト代は主にそちらに回され、あとはほんのちょっとの外食や買物に消えていってしまった。

青い顔で黙り込んだ直樹に、執行のやわらかな低い声が「振り込みの期限はいつまで？」と訊ねてきた。

「書類受け付けの締め切りまでだから……二十日まで」

「それじゃもう、本当に日がないわけだ」

「一週間で五十万なんか稼げないっすよー」

月半ば近い今日の日付を思いだし、直樹は魂の抜けそうなため息をつく。

「カードって学生でも作れますっけ？」

いまどき珍しくまともな経済観念の持ち主だった直樹は、クレジットやキャッシングの類に手を出したことはなかった。

だが、思いつき程度の提案は、苦い顔をした執行に却下される。

「よしなさい。ノーチェックで無担保がどうこう言っててもあれは結局のところサラ金なんだから。雪だるま式に利子が膨れあがるよ。それに、そもそもきみは未成年でしょう」

「あ、はい」

「借り入れの場合は保証人が必要になります。要するに、きみの年齢では、保護者の承認なしでは貸してくれないよ」

法律で、親権者の承諾なしに未成年者に融資をすることは禁じられていのだと執行は説明し、直樹はがっくりとうなだれた。

「だいたい、そんな借金することを親御さんにどう説明するの」

「あー、そっか……」

「よしんば貸してくれるとこがあるとしたら、それは違法な業者になるだろうね。その歳でローン地獄にはまりたくないだろう？　債権まとめて怖いひとに売られて、一生借金漬けになってもいいの？」

「いや、それは、勘弁してほしいっす……」

ディープな、そして厳しい現実に、直樹はただ息を飲み、神妙に頷《うなず》くのみだ。

「まっとうな人生歩みたいんなら、よしなさいね」

「です、ねえ」

奥の手と思ったそれをあっさりと止められ、くわあ、とうなだれたまま直樹はサラサラの髪を掻《か》きむしる。そして、はたとこんな話をしている場合ではないだろうと思い至った。

「すみません、執行さん、仕事」

「いいから、落ちついて座って」

あわあわと腰を浮かせると、執行の長い指に手首を摑まれる。大きな手のひらになぐさめるように肩を叩かれ、直樹は居心地悪く目を伏せた。

「昨日かなりのところまでやっつけたから、直樹くんが焦らなくても平気だから」

パニックに陥《おちい》っているせいか、どうにも思考や行動に一貫性が持てない直樹を、やんわりと包むような声で執行は宥《なだ》めた。

「とりあえず、コーヒー飲んで。煙草は?」

苦笑混じりに「吸うんだろう?」と赤いパッケージをすすめられ、もう言い繕《つくろ》う気力もなく一本失敬する。紫煙を深く吸い付けると、ふっと身体が軽くなるような錯覚があった。

「ちょっと失礼」

黙々と煙草を吸う直樹の目の前で、背の高い彼は立ちあがる。トイレかな、とぼんやり思いながら、美形もやはり用は足すのだと、はじめてここに来たおりにも覚えた埒《らち》もない感慨に耽《ふけ》る。

焦りや落ち込みや、混乱といった一通りの感情の波が過ぎてしまうと、頭の中がしらじらと冴えた。とはいえ、直樹にはすこしきつい煙草の味もよくわからず、真っ白になった頭が考えることを放棄しただけなのだが。

（あほか俺……執行さんに愚痴《ぐち》ってどうすんだって）

いまはただ、そのみっともなさだけが胸に痛い。彼の手伝いをしたくてはじめたアルバイトなのに、こんなことで仕事の邪魔をしてしまっては、本末転倒だ。

（今日は帰らせてもらおうかな）

この状態では使いものにならないし、却って執行に気を使わせるばかりだ。せめて足だけは引っ張るまいと、直樹は吸いさしの煙草を大きめのアッシュトレイで捻《ひね》り潰《つぶ》した。

帰りの挨拶だけはするかと立ちあがったところで、執行が戻ってくる。

「あ、俺」

「座って」

今日は帰る、と言いかけた直樹を、やわらかいが有無を言わせない語調で執行はさえぎる。どこか普段の彼とは違う雰囲気に訝《いぶか》しみながらも気圧《けお》され、直樹はもう一度クッションのきいたソファに腰かけた。

そして、先ほど直樹の片づけたテーブルの上に、ぽん、と封筒が投げ出される。

「執行さん？」

高い位置にある腰に軽く手をあて、立ったままの彼を「まさか」という表情で直樹は見あげる。

「五十万あるはずだよ。たしかめてみて」

さらりと言って、執行は静かに笑った。直樹はそんな彼を凝視したまま、無言で首を振る。

「そんな……俺、そんなつもりで話したんじゃ」

「じゃあどうするの？」

語尾にかぶせるように畳み込まれ、直樹は押し黙る。

「とにかく時間はないわけだし、借りるあてもないんだろう？　親御さんにも言えないんじゃ、こうするほかないだろう？」

「だって……でも……いつ返せるか」

執行のところでもらえるバイト代は時給制で、多くても一日五千円がいいところだ。単純計算でいけば毎日通ってくれれば二、三ヵ月でその金額になるけれど、新しい学校に入ればそんな時間的な余裕はない。まして、教材費その他は自分で出すように親に言い渡されている。

本音を言えば喉から手が出るほどの気持ちだったが、そんなこんなを考えれば、とても素直に借りるとは言えなかった。なんだかんだと言いつつも尊敬し、憧れている執行に、これ以上の迷惑をかけることが情けなく、金をせびったような自分が浅ましく感じられて恥ずかしかった。

（頭痛くなってきた）

さりとてほかに方法のない直樹は、進退極まってまた混乱しはじめる頭が、熱を持つのを感じる。

震える息を吐き出し、こめかみを押さえた直樹の細い指を、すっと伸びてきた長いそれに摑まれた。不意の接触にのろのろと顔をあげると、執行の繊細で端麗な顔立ちが至近距離にあり、直樹はひどく驚いた。

「貸すんじゃないんだよ」

「え？」

「返さなくていいんだ、直樹くんが……頼みをきいてくれたら」

「頼み？」

なにか用事でも頼まれるのだろうか。そう思った直樹が真っすぐに切れ長の瞳を見つめ返すと、執行は苦いものを嚙んだように唇を歪《ゆが》めた。

いつも穏やかな彼の視線が常になく強くて、居心地の悪さを感じつつも鋭利にさえ感じられるようになった美貌に目が吸い寄せられる。

捕らえられた指がいつまでも解放されないことや、もう片方の手で髪の生え際を撫でてくる執行の態度が明らかにいままでと色を違えたことにも気づけないまま、直樹はどこか陰りを帯びてさえも端整な顔の男を、じっと見あげた。

「今日から、一ヵ月……いや、二週間の間だけでいい。一日二時間でいいんだ、きみの時間をくれないかな」

「なに……するんですか」

知らず見とれながら、ぼんやりとした声で直樹は問い返す。

映画のスクリーンから抜け出してきたような容姿の執行は、しかしその甘い声で、恐ろしく彼に似付かわしくない単語を口にした。

「……援助交際」

「え？」

「しない？　ぼくと」

言われた言葉の意味を理解するまでに、たっぷり五分はかかっただろうか。

そろりと生え際に差し込まれた指先の妖しさに、そして直樹は不意に気づく。

長く美しい、才能あふれる男の指先は、明らかに直樹の肌を、髪を、愛撫《あいぶ》するために触れている。

「執行、さん」

驚愕《きょうがく》に目を見開いた直樹の顔色は、先ほど以上に血の気を失っている。見つめてくる執行の瞳は細められて、常と変わらない表情に見えるけれど、視線の強さが彼の言葉が冗談ではないことを伝えてくる。

「気づかなかった？……ぼくは、ゲイでね。女性には興味がないんだ」

「全然……わかんなかった」

唇を震わせる直樹に、喉奥で笑った執行はあっさりと打ち明ける。

「直樹くんがバイトに来てくれるようになって、年がいもなく浮かれてたよ」

とても好みだったから、とこれもサラサラとした声で言われて、直樹は目を忙《せわ》しなく瞬《しばた》かせる。

「だって、……え、執行さんそんな、全然……あれ？」

混乱してわけのわからないことを口走る直樹に、ふっと眉を寄せたまま執行は鼻で笑う。

同時に離れていく指に、嘲《あざけ》るようなその笑いは自分に向けられたものではなく、彼自身の内面に対してだと直樹は感じた。

「いきなり襲ったりしないから、安心して」

「いや……そんなこと思いませんけど」

驚いたことは驚いたが、若い直樹にはそういう嗜好についての偏見は少なかった。また、執行という人間を知る身として、穿《うが》ったことを想像するなんてそんな失礼なことはできない。

むしろ、実感がないと言うのが正直なところだ。

仕事が立て込んで、この家に泊まったこともあった。当然ながら二人きりで、風呂を借りた後、執行の目の前を腰にバスタオル一枚でうろついていたことだってある。そんな際どい格好やシチュエーションでも、目の前の彼からそれらしい匂いや気配を感じたことなど一度としてなかったのだ。俄《にわか》には信じがたい。

そう言うと、執行は意外そうに目を見開き、先ほどとは違う軽い笑い声を立てた。

「そりゃ、もうぼくも若くないから」

「見た目には充分若いです」

「きみって」

直樹のとぼけた答えに、執行は破顔する。ふわりとしたその笑みは彼が上機嫌のときに浮かべるもので、直樹は知らずこもっていた肩の力を抜いた。

「ありがとう、でもそれなりにオトナで、だから結構汚いこと考えるんだよ」

楽しげに喉奥で笑った執行は、直樹の向かいに腰をおろす。目線の高さが嚙み合って、直樹はほっと息をついた。

「援助交際なんて言い出すあたりが、まったくオジサンの証拠だけどね」

冷めたコーヒーを口に含んで、執行は伏し目のまま言った。

「それでもぼくは、直樹くんが好きだし」

押さえられた声の、だからこその真剣さに直樹が覚えたものは嫌悪でも恐怖でもなかった。

やるせない風情の執行はやはりどうにも絵になる美形で、それがリアリティのなさを醸《かも》し出しているのかもしれなかったが、たしかに熱のこもった口説《くど》き文句に、心が動いたのは事実だ。

自分の頬が熱くなるのを感じて、ひどく焦った。

（やべ……まずいって）

「期間限定でいいから、つきあってくれないかな」

ずるいことを言うけれど、と自嘲《じちょう》した執行に、直樹はなにも言えないまま首を振る。

「でも」

無理だ、というつもりの声は、喉奥に引っ掛かったまま出てこなかった。

選択権のないのは直樹のほうなのに、一回り以上年嵩《としかさ》の執行に対して優位に立っているのもまた直樹なのだと感じ、複雑な想いがこみあげてくる。

「いやなことをするつもりはないよ。ただ食事したり、いっしょに過ごしてくれればそれでいい」

執行の口調や声音は少しも哀れさやみっともなさを感じさせなかった。ただ熱っぽい真剣さだけが伝わってきて、息が苦しくなった。

かたちは最低だけれど、こんなにひたむきに口説かれたことなどなくて、直樹は戸惑っている。そんな自分こそが、いちばんわからないというのが正直なところだ。

目の前の封筒を、ちらりと眺めて、どうしようもないのだと思う。

（ほかに、方法はないんだよな）

指を延ばしながら、それがどうしてか言い訳がましく感じられて、直樹は唇を噛んだ。

「いいの？」

封筒を手に取った直樹に、気遣うような声がかけられた。自分で言いだしたくせにとすこしおかしくなりながらも、笑う余裕は直樹にはない。

「変なこと、しないですよね？」

状況をかんがみればあまりに図々しい言い分だが、執行は「もちろん」と頷く。

微笑んでいるその表情がどこか哀しげで、胸がつまるのを堪えるために封筒の中身を覗き込む。

ごめんよ、とちいさく呟いた執行の言葉は、聞こえないふりで流してしまおう。

それ以外に、どうしていいのかわからなかった。


その後、ともあれ銀行の受付が終わってしまう前に振り込みに行っておいでと促され、執行のマンションから最寄りの銀行へと直樹は足を運んだ。諸々の書類もなくしてしまっていたのだが、幸い振り込み先の支店名と加入者名を覚えていたため、窓口で事情を説明し、何とかつつがなく入金は終了する。

紛失した書類も締め切り当日までにもう一度書き直して提出すればいいと、電話での問い合わせで教えてもらい、直樹は心底安堵《あんど》する。

――今日はもういいから、書類を取りに行っておいで。こういうのは一息にすませてしまったほうがいいんだから。

問題が片づきそうだと報告したあと、執行はそう言っていつものように微笑んだ。お言葉に甘えて、と結局ろくな仕事もしないままに執行のマンションをあとにした直樹は、ぬるいひといきれの籠もる電車の中で無意識に髪をかきあげ、ため息をつく。

別れ際、そっとこめかみから伝い、直樹の髪をぐった執行の指の感触が、まだ残っている。

奇妙な、痺れのようなものがじりじりと肌をくすぐるのに耐えかね、やや乱暴にそこを掻きむしった。

当座の問題はコレでクリアしたものの、それ以上にやっかいなことになってしまったと内心で臍《ほぞ》を噛む。

そして、思いがけないタイミングできれいな笑みを見せる男に、もしかするとほだされそうな、流されてしまいそうな自分の心こそが、なによりも直樹にはやっかいなものに感じられた。

＊　＊　＊

それから、直樹の生活は驚くほどに様変わりした——と、言うわけではなかった。

むしろ、直樹の気構え以外には、以前となんら変わりない、平穏な日々は、もう三日も続いていた。

五十万円と引き替えに、二週間の「援助交際」を申し出られた翌日、やや緊張の面もちで執行のもとへと向かった直樹を迎えたのは、相変わらず寝穢い執行の姿だった。

「し……執行さん？」

またもや不経済な、つけっぱなしのエアコンの暖気に守られて、長身の男は健康そうな、規則正しい寝息を繰り返している。

太平楽な寝顔をしばらく眺め、直樹はどっと安堵と、疲れのようなものが肩にのしかかるのを知った。

いくら切羽詰まっていたとはいえ、執行の申し出を受け入れたのは早計だったのではないかと、昨晩はほとんど眠れなかった直樹である。夕食時、なにも知らない親に「執行さんにはいつもお世話になってるんだから、あんたもちゃんとしなさいよ」などと言われるに至っては、後ろめたいやら情けないやらで好物のロールキャベツもろくに喉を通らなかったほどだ。

それなのに。

「平和な顔して」

いっそ腹立たしいような気分がこみあげて、直樹は肩を落として吐息する。

もしかすると、執行にからかわれたのだろうか。胸の内で何度も繰り返した疑問が、無防備に眠っていてさえ絵になる男の顔を眺める内、確信めいたものに変わってくる。

ナルシズム的な要素の少ない直樹は、自分の容姿がいかほどのものかはよくわかっているつもりだ。特に不細工とは言わないし、そこそこかわいい、いわゆるアイドル系な顔立ちではあるけれど、きれいな男の増えた昨今では小ぎれいなルックスは珍しくもないし、取り立てて目立つ美形ではないと思っている。

実際、顔立ちに関してよりも、喜怒哀楽のはっきりした性格のほうが印象が強いらしく、「元気がいい」とか「愛嬌がある」と言われることが多い直樹だ。無論、ひとはルックスだけで好意を持ったり恋をしたりするものではないことは知っているけれど、それでも腑に落ちない。

執行ほどの男であれば、同性異性問わず相手には事欠かないだろう。ほぼ毎日顔を見ている直樹でさえ、はっとさせられるほどの端麗な貌《かお》をしている上、社会的な地位も高く、才能もあふれて垂れ流さんばかりに持っている男なのだ。

けれど執行は、直樹のことを『とても好みだった』と言った。そんなふうな言葉をもらったのは、正直、生まれてはじめてだった。

（なーんで俺かな）

素直に嬉しいとは思えないが、悪い気はしない。執行は上っ面の言葉を口に出す性格ではないから、余計にだ。

(だからっつってエンコーはなあ)

「んー」

つらつらとそんなことを考えていた直樹は、執行がちいさくうめいて寝返りを打ったところで、はっと我に返る。

時計に目をやれば、もう部屋に入ってから三十分は経過していて、その間ただいたずらに執行の寝顔を眺め続けていたのかと思うと、羞恥のあまり冷や汗がでた。

「し……執行さん、起きてくださいっ!」

焦りのあまり、普段より三割り増し乱暴にラグを摑んでひっくり返すと、「うわあっ」という情けない声があがった。

「あ、あ、え?」

いつもならば一声かけてからの荒技をいきなりかまされた執行は、寝ぼけ顔のままうっそりと瞬き、暢気《のんき》な声で欠伸《あくび》混じりに「やあ、おはよう」と言った。

「おはようございます」

その顔にも、声にも、昨日覚えたような切迫感や、奇妙な迫力はない。むしろ普段よりも情けなさが増していて、直樹はがっくりと肩を落とした。

今日からの執行が、例えば露骨にスキンシップを求めてくるとか、そういうもっとわかりやすい態度に変わっているのではと危ぶんでいたのだが、どうやらその心配だけはなさそうだ。

「コーヒー、淹《い》れますね」

なんだか疲れた表情の直樹に、いまだ眠気を引きずっている執行は曖昧《あいまい》に頷いただけだった。


「エンコー」初日がそのスタートで、肩すかしを食らったような気分のまま、結局約束を反故《ほご》にすることもできない直樹を横目に、日々の生活は流れていく。

二週間という期間は決して長くはない。だというのに、その間にいったいナニをドウスル気なのか、執行の思惑がさっぱり見えてこないのだ。

一日二時間、と執行は言ったけれど、この三日間というもの、その時間は結局仕事のつまった執行の世話で終わってしまっている。基本的に長期休みの折りには十時から六時のバイトなのだが、いままでも二時間くらいの延長はしたことがあったし、その分の時給は勿論上乗せしてくれた。

「直樹くん、これファックス入れて」

「あ、はい」

背後からの声に立ちあがり、机に向かう執行からばさりと渡されたラフカットを、コピーをとった後、編集部宛にファックスする。

3LDKのマンションの中、執行の仕事場はこのリビングと続きになった洋間だ。一応書庫のために一部屋開けてはあるが、ほかの部屋にも膨大な資料が進出したあげく、まともな生活居住空間といえば寝室をおいてほかにない状態だ。

「あと、鳥関係の資料ってどこにあったっけ」

「持ってきます」

直樹の定位置はリビングの隅に設置されたパソコンの前だ。デスク仕様なので、キーボードを片づければ書き物をするスペースも充分にある。執行の使っているのは、製図用のドラフターに似た、特注のデスクだ。斜めになった作業板は紙類をクリップする機能があり、角度調整も可能。左右のトレイを引き出すと画材が置けるようになっている。

資料と一緒にお茶を新しく淹れた直樹は、モデリングペーストやガッシュなどの画材がごっちゃりと置かれたサイドトレイの脇にある、小さなアンティークのティーデスクにカップを置いた。

仕事中の執行はコーヒーは飲まない。濃くて苦い、舌の焦げるような熱さの煎茶がお気に入りで、それも大ぶりのマグカップでがばがばといくのだ。

「執行さん、資料これ。あと、ここ、お茶置きますからね」

「ん、ありがとう」

礼を言っても振り返ることはなく、黙々と筆を滑らせていく。集中した真剣な横顔に、なるべく邪魔にならないようそっと離れる。

時計を見ればもう五時を回っており、これは今日も残業だろうかと直樹は思う。もしも長引くようなら今の内に夕飯の買い出しにでも行こうかと腰をあげたところで、筆を止めないままの執行から声がかけられた。

「直樹くん、お腹空いてる？」

合間にスナックをつまんでいる直樹と違い、作業をはじめるとものを口にしない執行のほうが空腹感は強いだろう。

「俺は平気です。あ、なんか買い出しに行きましょうか？」

彼が昼に軽いサンドイッチを食したきりだったことを思いだし、直樹が買い出しのために上着を羽織ろうとすると、「そうじゃなくて」と制止の声がかかった。

「もうすこしで片がつくんだけど、それまで待てる？」

「え？」

「ポワソン、春野菜のいいのが入ったって言ってたから、つきあって」

動きを止めた直樹に、振り返った執行はにっこりと笑った。

「え」

ポワソンというのはこのマンションから通りを曲がったところにあるビストロで、正式名を「ポワソン・ダリブル」という。看板などは出しておらず、一見普通の一戸建てに見えるその店は、もともとは料理好きのご主人の趣味が高じてはじめられたもので、口コミで知った客のみが訪れる穴場中の穴場だ。

フランスの家庭料理をベースにオリジナルのレシピを持つそこは、まれにテレビの取材も受けることがあるようだが、住所や問い合わせ先の一切を表立って公開していない。そのおかげか、プライバシーを守りたいお忍びの著名人などもよく訪れるらしい。

一度、誕生日の祝いにつれていってもらったことはあるが、完全予約制で価格もそれなり、直樹にすればそう気軽に訪れる場所とは思えなかった。

「えと、いいんですか?」

「なに言ってるの」

遠慮がちに訊ねた直樹に、執行は含むものの多そうな笑みを浮かべてみせる。

「つきあってもらうのは、ぼくだよ?」

「あ」

その表情に、来たか、と直樹は少し背中を硬くした。三日目にしてようやく、それらしい「援助交際」のスタートというわけだ。

「でもその、俺、こんなカッコ」

普段着のままのラフな服装を眺めおろした直樹に、けれど執行は「そんなこと気にする店じゃないよ」とあっさり返してくる。

「予約時間に間に合うようにがんばるから、待ってて」

二時間と決められた直樹の拘束時間を念頭に入れている台詞《せりふ》に、訳の分からない罪悪感に似た居心地の悪さを覚える。しかし、執行の言葉に黙って頷くほかに、直樹の選択肢はなかった。


ポワソンの店内は、もともと一般家屋の来客用のリビングを少し改造した程度のものだ。四人掛けのテーブルが三組セッティングされていて、直樹と執行のテーブルのほかには家族連れと、友人同士であるらしい女性客の二人組がいた。

「お久しぶりですね。今日はまたなにかのお祝いで？」

そう話しかけてきたのはシェフの奥さんで、一度だけ見た顔である直樹にもゆったりと微笑みかけてくれる。

執行の言ったとおり、ルーズなストリートファッションの直樹の服装にも目くじらを立てることもない。アットホームに楽しい食事を、それがモットーなのだそうだ。予約以外の客をとらないのも、一見《いちげん》お断りなどと偉ぶっているわけではなく、夫婦二人でできる限界を考えてのことらしい。

「いつもよく手伝ってくれるから、そのお礼にね」

やんわりとした口調で答えた執行の声には、本当にそれ以外の含みがないようにも聞こえたけれど、肩を軽く押した手のひらの大きさを、どうしても直樹は意識してしまう。

「オーダーはもう決めてあるんだけど、いいかな」

「あ、はい、かまわないです」

席に着き、ゆっくり話すのは久しぶりだね、と微笑む執行を前にして、直樹は居心地悪げに引きつった笑みを浮かべた。

食前酒にと出された自家製の木苺のお酒をちびりと舐めながら、上質なテーブルクロスの下、直樹は落ちつかない様子で足を組みなおす。

前菜には合鴨の燻製と野菜の付け合わせ。塩味のほどよいそれを片づける頃に、奥さんの手によって新しい皿が運ばれてきた。

「こちら、そら豆のポタージュになります」

余計なBGMもなく、客数が少ない分、さほど賑やかな雰囲気ではないが、それでもそれぞれのテーブルからは楽しげな笑い声が聞こえてくる。カットの美しいクリスタルグラスに注がれたのはシャブリで、女の子だったらこのシチュエーションはかなりぐらりと来るだろうなあ、とどこか他人事《ひとごと》のような感想を直樹は覚えた。

「オマール海老のソテーと、春野菜の温製です」

ふと気づけば黙々と食事を続けているのは自分たちだけで、なんとなくの気まずさを感じてちらりと目線をあげると、穏やかに微笑む執行の顔があった。彼のほうはさすがにいつもの皺のついたシャツというわけにもいかず、淡いグリーンのシャツにジャケットを合わせている。

やや落とされた照明は、テーブルの上のキャンドルライトの淡さが引き立つようにとの配慮だ。やわらかな光が照らし出す、上品に盛られた料理はいかにもうまそうではあるが、目の前のノーブルな男の顔を演出する効果まで、まさか考えてはいなかっただろうにと直樹は思う。

(つくづくきれいな顔、してるよな……)

気後れを感じているのは、ごく近い距離にある端麗な男にも要因がある。なんのかんのと見慣れたつもりではあったが、こうして目の前にさらされた執行の顔立ちは、それを売り物にする職についていないことが信じがたいほどだ。女性めいた甘さは一切ないけれど、するりと輪郭の細い執行の顔立ちを表現するのに、ほかに気の利いた言葉を直樹は知らない。

「もしかして、肉のほうがよかったかな」

食の進まない直樹を気遣ったように甘い声がそんな言葉を紡いで、直樹はぶんぶんと首を

振った。

「いや、すごいうまいです！　ほんとに」

こくのあるポタージュも、酸味の利いたソースのかかった大ぶりな海老も、本当に美味だった。付け合わせの旬の野菜もほんのりと甘く、「今朝取れた、地物なんですよ」と言った奥さんの言葉も納得できる。

「そう？」

誘っておいて、口に合わなかったら悪いと思って。そう言って執行は口角《こうかく》をゆるませる。それがまた絵になる微笑で、またしても直樹は落ちつかなくなった。

いやだな、と思った。

それは執行のことではなく、こんなふうに彼の一挙手一投足に、勝手に含むものを感じ取って、びくびくしてしまう直樹自身のことが、だ。

執行のやさしげな表情も笑いかけてくる眼差しも、いままでとなにも変わらないように見える。

変わったのは直樹のほうだ。そう自覚した途端、胸の中が重く、ふさがれる気がした。

執行のことをごく素直に好きだと思っていたから、変なふうに意識したくなかった。そう考える時点で、もう以前のようには彼に接することができない自分を知った。

（こういうの……やだなあ）

ぎこちなくなる直樹を気遣うように、執行は言葉や視線を投げかけてきたけれど、胸の内に巣くった気まずさは、結局食事を終えるまで消えることはなかった。

「いまいちだった、かな」

帰りの道すがら、もう執行のマンションにつくという頃になって、背の高い彼はすこし首を曲げるようにしてそう問いかけてきた。

即答できない直樹は、ちらりと上目に窺《うかが》ったあと、ちいさく吐息することでその問いを肯定してしまう。そして誤解のないように、こう付け加えた。

「メシは、うまかったんすけど……雰囲気が、その」

こそばゆいようなシチュエーションに、以前につれていってもらったときには感じないでいられた違和感を覚え、結局最後まで息を抜くことができなかった。せっかくの上等な料理も直樹には砂を嚙むように味気なく、とにかく早く終わらせたいと感じるばかりだったのだ。

援助交際の条件とは言え、格好いい男におしゃれな店につれて行かれて、これが女の子ならば、一も二もなくよろめいてふらついているところだろうが。

残念ながら直樹は女の子ではなく、ましてそういうシチュエーションで酔うタイプではなかった。見た目の印象はやわらかめだが、どちらかと言えば思考も嗜好もストレートでシンプルだ。エスコートするように振る舞われても、正直鼻白むものがある。そして、こういう洒落《しゃれ》た雰囲気であるところとかを選ぶあたり、執行との年齢差を感じるなあとも思った。

普段は忘れているけれど、彼とはほぼ倍の年齢の開きがあるのだ。いかにもお金のかかる、大人のデート。別に悪くはないが、そういうノリに馴染《なじ》みのない直樹にはどうにも居心地が悪かった。

以前につきあっていた彼女とも、デートで食事といっても割り勘が当たり前だったし、それも大抵はファストフードですませてしまうような感じだった。

こういうことで、執行に対してしらけた感情は持ちたくはないのだ。それは本当だった。実際、今夜のセッティングもパーフェクトだったとは思う。もともとクラスが上の人種なのだろう、すべてに於いていやみはなかったし、むしろ「かっこいいな」と思うことも多かった。

ただ、そこに、「自分」という異分子が混ぜ込まれてしまうことが納得いかない。浮きあがったままの感覚が落ちつかず、挙動不審になってはいないか、自分でも気がかりなほどだった。

「もうこういうのは、……しなくていいです」

「どうして？」

「お金、……もう、出してもらってるし、なんか悪いです」

その言葉を口にするのはやはり抵抗があって、お金、という台詞が我ながらやけにいじましく、歯切れの悪い言葉が奥歯に引っかかる感じがした。

「ぼくがしたいんだけど、いけないかな」

「執行さんがそれでいいならいいんですけど、あの、でも」

もとより直樹に拒む権利などないのだが、執行はどこか寂しそうな苦笑混じりに呟いた。

「ん、わかった。直樹くんが居心地悪い思いをするなら、こういうのはやめるよ」

それなら「エンコー」を取りやめてくれと言いたかったが、返す当てのない金を工面してもらった以上、そこまでは言えない。

もういっそすっぱり、カラダでも求められたほうが割り切れる気もするが、さりとてその覚悟も実際できてはいないのだ。

(女ってすげえ)

自分を武器に貢がせ焦らして、手玉に取るなど、男の直樹にはとてもできない芸当だ。まして、いままで自分がそういう対象になることなど考えもしなかったものだから、貞操の危機に関してもいまひとつ実感としての恐怖もなく、ひたすら困惑している。

「困ってる？」

「あー……、はい」

誤魔化しても無駄だろうことはわかっていたので、苦笑しつつ直樹は素直にそう答えた。失礼だったかな、と思いながら執行に視線を合わせると、彼はその切れ長の瞳を僅かに眇《すが》める。

「ごめんね」

その表情がどこか悲しげに見えて、ずきりと左肺の奥が痛くなった。

「あの、えっと、でもメシ食いに行くのイヤってわけじゃないっすから！」

勢い込んで言ってしまったのは、哀れを誘う表情など、執行にさせたくなかったからだ。

「その、『韋駄天《いだてん》』とかみたいなところなら気兼ねしなくていいっつうか！」

「そう？」

馴染みの居酒屋の名を口にしたあと、ふと、墓穴を掘ったような気がしないでもなかったけれど。

「じゃあ、また誘ってもいい、かな？」

やけに嬉しそうな執行に、いまのはナシですなどと言えるはずもなく、ひきつった笑みで頷いてしまう、直樹だった。

＊　＊　＊

「えんこー」

抑揚のないイントネーションで、昼下がりの喫茶店で向かいに座った日原美帆《ひはらみほ》は呟くように言った。

「高三のクラス替え以来？　ろくに連絡もくれず？　そのまま自然消滅で？　一年近く疎遠になってた、しかも元彼の、する話じゃないわねえ、直樹」

「うっ」

あえて妙なところで文節を区切り並べ立てられたのは、あまりに説明的かつあからさますぎる、いやみでしかない苦情の数々だった。

「それもしかもホモの援交。うっわサイアクー」

「うるせえなあっ」

言葉ほどには毒のない表情と声音で、からからと美帆が笑う。衒《てら》いなく発せられた「ホモ」という単語に周りの目が気になった直樹だったが、美帆は一向にかまう様子もない。

にらんで見せても臆した様子のない彼女に、深く吐息しながら直樹は呟いた。

「ちーっとも変わってねえな」

それはお互い様、と美帆は毛先の跳ねたショートヘアを揺らした。

もとがさばさばとした性格の美帆が、本気で恨み言や文句を言っているわけではないことくらい、直樹にもわかっている。

美帆とは、クラスメイトとして出会って、なんとなくつきあうようになった。セックスも、した仲だ。お互いにはじめてで、終わったあとも「こんなもんかな」などと言い合った二人だった。色気にはほど遠いものだったのは、初体験の不格好な手際の悪さより、美帆と直樹の間に常に流れていたあの、陽性で乾いた雰囲気のせいもあっただろう。

「そんでなに、今日はバイトはないわけなん？　つか、執行さんとデエトしなくっていいわけ？」

水っぽくなったアイスティーのストローを口にくわえたまま、上目遣いで訊ねる美帆に、煙草のフィルターを嚙みつぶした直樹はうっかり苦いものを口に入れたような表情で「今日はお休み」と呟くようにいった。

「なんか、親戚に不幸があったとかって、朝から電話があった」

執行からの連絡を受けたあと、ほっとしつつもいたたまれなくて、つい誰かに話してしまいたくなった。そして、たまたま家にいた美帆は、突然の呼びだしにもあっさりと応じてくれた。

「ほほう。んで、暇になった直樹くんは、疎遠になってた彼女とよりを戻してまっとうな道を歩みたいと」

「おまえね」

かけらもそんなことを期待していないのがありありとわかる、平坦な口調で告げる美帆の猫のような瞳は細められている。

「そゆこと言うんなら、なんでおまえは呼びだされてほいほい来る訳よ？」

「暇だったからに決まってんじゃん」

切り返したつもりの台詞は、けろりとした表情にたたき落とされる。実際未練がありましたといわれたところで、直樹自身困るのだけれども。

「ねえねえ、一日空いたってことは、その分の日数は繰り越し？　それともこれも期限内にワンカウント？」

「知らねえよっ」

「だめだよそーゆーの、ちゃんと確認しなきゃ」

流行のパールを施したアイメイクが、やけにきらきらして見えるのは、状況をおもしろがっている証拠だった。しばらく見ないうちにまた化粧がうまくなったなと思いつつ、そのフアニーフェイスをにらむようにして唸《うな》るように直樹は呟く。

「根性悪い」

「あっはははぁ」

白い歯を覗かせてからりと笑った彼女を呼びだしたのは、こんなふうにいま自分の置かれた複雑な状況を笑い飛ばして欲しかったのかもしれないと、直樹は思った。

「困っちゃってんだ？」

「……」

からかう口調をやめて、やさしい声で美帆がぽつんと呟く。どこか年上ぶった態度が癪《しゃく》で、上目に睨《ね》めつける。

剣呑《けんのん》な直樹の表情にも怯まない美帆からは、ふうん、と鼻から抜けるような曖昧な呟きがあった。

「直樹ねー、スキって言われると弱いモンね」

「っだよそれ」

「切れないじゃん、なんだかんだやさしいから。傷つけたら可哀想とか思っちゃうじゃん。つきあってた頃からそうだったっしょ？」

やさしくなんかない、そう言いかけたけれど、美帆の言葉に思い当たる節がないでもなく、直樹は黙ってうつむいた。

「短気だし、態度とかはさ、結構さばさばしてるんだけど、そういうとこぶきっちょだよね」

美帆との交際中、下級生に告白されて困っていた直樹のことを、打ち明けたわけでもないのに彼女は知っていた。問いただせば、『女の情報網を舐めるな』と笑っただけだったけれど。

「あん時もさ、どうやったら傷つけないでふれるかなって、そういうことばっか考えてたでしょ。それであたしが言ったこと、覚えてる？」

「そういうの、やさしいんじゃない、かえって……残酷だって。つきあってるあたしにも、失礼だって」

結構痛い台詞だったので、一言一句違えずに覚えている。ぼそぼそと言えば、うん、と美帆は頷いた。

「でも最後、ちゃんと断ってくれたよね？　だから、あたし、直樹のこと優柔不断だって思わないですんだ」

「う、ん？」

美帆がなにを言いたいのかわからず、ふてくされて上目に窺うように生返事を返すと、困ったやつだとでも言うように笑う彼女が居た。甘やかすような視線が居心地悪い。目を逸らしたまま、直樹は新しい煙草に火をつけた。

煙を吐き出す横顔をじっと見つめたまま、美帆は言葉を重ねていく。

「だーかーら。なんのかんの迷うけど、最後は結構きっぱりできるじゃん、直樹。それに、ほんとにヤなことだったら、引き受けないじゃん？」

「美帆？」

胸苦しいいやなものがせりあがって、急くように彼女の名を呼んだ。すると、にやりと甘い色の唇が吊りあがる。

「ホントにいや？　執行さんのこと」

「ホン……って、あちっ！」

思いがけず動揺した瞬間、取り落としそうになった煙草の灰が指の背を焼いた。思わず涙目になって指をくわえると「子供みたい」と笑われる。

「誰のせいだよっ」

「あたしのせいじゃないもーん」

吸いさしの煙草をアッシュトレイで揉みつぶすと、依然笑ったままの表情で、美帆は言う。

「昔話ばっかりであれだけどさ、執行さんのバイトが決まったって言って、直樹、展覧会つれてってくれたよね」

「ああ」

二年前、執行のイラスト展がデパートの特設会場で行われたときのことを、直樹もぼんやり思いだす。憧れのひととももうすぐ会える、とはしゃいでいた自分が気恥ずかしくて、すこし歯切れが悪くなった。

そして忘れられない理由が、もうひとつ。

その日はじめて、美帆と寝たからだ。

「あのときも、直樹、子供みたいだった」

すこし目を落としてストローをいじる彼女のグラスの中で、しゃらり、とちいさくなった氷が音を立てる。

「このひとの絵がスキなんだって、一個一個、説明して。デパートの、ちっちゃい会場なのに、これはあの小説の何ページの挿絵、これはオリジナルの描き下ろし、こっちはテレビのCMに使われたの……って。パンフレット、会場で買ったのに、そんなの見なくっても直樹、全部知ってた」

「つまんなかったよな、ごめん」

趣味に走ったデートで、少しむくれていた美帆を思いだし、ちいさく謝罪する。すると彼女は、静かにかぶりを振った。

「つまんなかったんじゃないの。妬いたの」

「え？」

ぽつん、と零された言葉は、少し意外だった。妬くなどという言葉が美帆に似合わないのと、いったいなにに対してという疑念がよぎったからだった。

頭の中身は、そのまま顔に表れていたようで、美帆は「わかりやすいね」とちいさく苦笑する。

「直樹、凄い一生懸命で、目なんかきらきらさせちゃってたよ。それで、そのときね。こいつ、この、『シギョーサン』とあたしと、どっちのことを沢山知ってるのかなと思ったの」

「美帆、それは」

言葉を遮るように身を乗り出した直樹を、美帆は目線で留め、きっぱりと言った。

「恋い焦がれてるみたいな……あんなふうな、熱っぽい顔して、あたしのこと見てくれなかった。一度も」

ちいさく笑いながら話す口調はすこしも恨みがましくはなかったけれど、どこか寂しそうでもあった。

直樹は黙るしかない。

「だから、あのあと、ホテル行かない？　って言ったの。悔しかったから」

へへ、と笑いながら、少年のような仕種で美帆は髪の毛に手をやった。

「美帆」

「勘違いしないでね、責めてるわけじゃないからね」

情けない声で名を呼ぶ直樹に、美帆はやわらかくそう言った。そして、「ただささ」と続ける。

「あんな顔してきっと、執行さんのこと見てたんだったら、相手が勘違いしても……惚れられちゃってもしょうがないんじゃないかなっと、思いましたです、以上」

「お……！」

一息に言って、残りのアイスティーを飲み干す彼女に、今度こそ直樹は絶句する。

「あんな顔って……おま……惚れ……って……なにそれ」

以上、と言ったきり、美帆はなにも言わない。黙ったままテーブルサイドにあったケーキメニューをぱらぱらと捲《めく》りだした彼女に、直樹は喘ぐように呟いた。

「それじゃ、ナニ？……俺が悪いっての？」

なんとも言えない表情で上擦った声を出す直樹をちらりと眺めた美帆は、「すいませーん」と近くを通ったウエイターに声をかけた。

「パリブレストとアイスティー追加お願いしますぅ」

「美ー帆ー！」

「うるさいな……目立つでしょ、大声出さないでよ」

飄々《ひょうひょう》と言われて、直樹は口をぱくぱくと開閉させる。情けないその姿を吐息混じりに見やったあと、美帆は運ばれてきたケーキを突き崩しながら言った。

「大体直樹さ、あたしになに言って欲しいの？　っていうより、なんか言って欲しいわけでもないでしょ？　えんこーオヤジのあしらいかたが聞きたいわけでもないでしょうし」

ぱくり、と生クリームにまみれた苺を、よく似た色の唇の奥に飲み込みながら、ちろりと流してきた視線は冷たかった。

「直樹、オトコの友達にこんな話しできないでしょ。だからあたしのこと呼びだしたんでしょ？　それって結構、ばかにしてない？」

つけつけとした口調も、かなり冷たいものを含んでいる。

実際、同性の友人にこんな事を言えたものではない。相談すること自体みっともないし、なにより、変な目で見られたらと思うと怖かった。

男同士の友情の根底には、ライバル意識がどうしても根付いてしまう。そんな偏見の強い友人ばかりだと思っているわけではなかったが、無意識の防御策として口を噤《つぐ》んでいた自分は、異性の一番近しい相手にはけ口を求めてしまったのかもしれない。

「いっしょに『困ったねえ』とでも、あたしが言うと思ってた？……ちがうでしょ？　問題はいっこも解決しないじゃん、第一そんなことしたって時間のムダ、でしょ？　手っ取り早いのは借金返しちゃうことだけど、お金だってそんな金額出してあげらんないよ。ましてホモの対処方法なんか、あたしにわかるわけないじゃない、未知の領域なんだから」

ちがう？　と行儀悪く片肘をついたままフォークを振ってみせる美帆に、直樹は一言もなかった。

たしかにこんな話ができる相手は、美帆しか浮かばなかった。しかしそれが全幅の信頼を置いているからというよりも、消去法の末の結論であることを、目の前の小柄で聡《さと》い女は気づいているようだった。

(だけど)

きちんと別れる手順さえ踏んでやれなかった彼女に甘えていることを気づいていながら、美帆にしか打ち明けることのできない八方塞がりな状況を、理解して欲しいというのは、それこそ直樹の甘さだけれど。

だけどなにもここまで畳みかけることはないじゃないか、と落ち込んでしまう。

「いじめるつもりじゃないんだけどさ」

けれど、肩を落としたまま一言も言い返せずに固まっている元彼を見つけ、そしてしかたなさそうに彼女は苦笑する。

「さっきから言ってるでしょ。いやじゃないんでしょ？　困ってるけど」

ざくざくと容赦ない言葉を浴びせる美帆に、すこし恨みがましい目線を向けると、また言葉が放り投げられる。

「ああそれとも、いやじゃないから困るの？」

「……」

「直樹の話を聞いてると、なんにもないから困るって言うふうにしか聞こえないんだけど？」

（結局……いじめてんじゃねえか）

もうなにを言う気にもならず、ぐったりと直樹は背もたれに身体を預ける。トーンを落とし笑み含んだ声が、追い打ちをかけるように、それでいて楽しそうな口調で、とんでもないことを言ってきた。

「やっちゃえば？　えっち」

「美帆っ！」

思わず怒鳴ると、「こわーい」とちっともそう思っていない表情で、細い首をすくめてみせる。そして懲りずに美帆は、直樹を更に逆上させる言葉を続けて放った。

「だって直樹、すっごい執行さんのこと意識してる気がする」

身体ごとそっぽを向いた直樹は、いらいらとまた煙草をくわえ、せわしなく煙を吐き出した。

「セックスって、身体でするんじゃないんだよ。アタマでするの。意識しちゃったら、考えちゃったら、もうそれってしてるのといっしょだと思う」

美帆の声は、奇妙に平坦だ。それだけに、言われている言葉の意味がリアルに頭に響いてくる。

「なにが言いたいんだよっ」

どこか得体の知れないところに引き込まれそうで、直樹は荒っぽく語尾を強くすることでそれを払った。しかし美帆はなおも言い募る。

「直樹にとって、執行さんって、そういう対象にも成り得るってことよ」

「ばっ……！」

冷静な目で言った美帆の表情に、からかうような色はなかった。

美帆は知っていたんだろうか。ふとそんな言葉が頭をよぎり、ではいったいなにを知っていたのだ、という疑問にそれは押しつぶされる。

妬いたの、という言葉が、先ほど発せられたときよりもやけに生々しく脳裏に甦《よみがえ》り、直樹は混乱した。

「こんなことがなかったとしても、いつかそういう関係になってたんじゃないの？」

そして駄目押しのように告げられた言葉に、目の前が真っ暗になる。

一体なにに対してこんなにショックを受けているのか、あまりにも要素が多すぎてわからないまま、きりきりと眦《まなじり》を吊りあげ、直樹は席を立った。

「あら、なに？」

「帰る」

「怒っちゃった？」

いたずらっぽい表情での問いかけを黙殺し、上着を手に取ると、目の前に伝票が差し出される。

「なに」

「相談料。おごってよココ。呼びだしたの直樹なんだから」

さらりと言われて、こめかみがひきつるのが自分でもわかった。

「つきあってるとき、おごれなんて言ったことなかったじゃん！」

「だってそれは、あたしが会いたかったからだモン？」

今日はそっちの都合なんだから、当然でしょ。

けろりと言ってのける美帆に勝てるわけもない。むっつりとしたままひったくるように伝票を受け取ると、無言のまま直樹は歩き出す。

「進展あったら教えてねー」

「するかっ！」

背中を追いかけてきた暢気な声を切って落として、驚いている店員を後目《しりめ》に店を出た。

「美帆のアホ、なにが……っ！」

(なんにもないから困ってるんでしょう、だ。嫌じゃないんでしょう、だ。ふざけるな！)

口にするのをはばかられた言葉を唇の中で押し殺しながら、直樹は怒りにまかせた早い歩調で脚を進める。

美帆に投げかけられた言葉はどれも承伏できるものではなかったし、冗談じゃないと思う。

(いつかそんな関係にって、なにが……！)

執行の絵に見とれる直樹に嫉妬して、はじめてのセックスを誘ったという告白も、実際ショックでもあった。馴染んでいた美帆の存在が、ほんのすこし得体の知れないものにも思えて、いやだった。

そんな憤りの中に、図星を指されたような後ろめたさがあるのは、気のせいだということにした。

それでも。焦がれるように執行の絵を見つめていた自分のことだけは否定できない。とんでもない状況に陥ったいまだって、執行のことを嫌いにはなりきれないのだ。それがいちばんの問題であるのは、美帆に言われるまでもなく自覚している。

いっそ執行を軽蔑することができれば、もっと割り切れたのかもしれない。それ以前に、あんな甘い条件でなく、ストレートな欲求をぶつけられたなら、殴ってでも逃げられたのに。

「はあ」

早足で歩くことにも、埒もない物思いにも疲れてしまって、のろのろと歩みをゆるめた直樹は辛気くさいため息をついた。

期限は、まだ十日も残っている。その間中こんな思いをするのか、そして、期限が切れたあと、執行とはどうなってしまうのだろうか。

「頭いてえ」

暮れかかる空を眺めながら、よろよろと雑踏の中を歩いていく直樹の肩には、美帆に投げつけられたやっかい極まりない台詞の数々が、重くのしかかっていた。

＊　＊　＊

翌朝十時。

寝不足の顔をぶら下げたまま、直樹はいつものごとく執行のマンションのインターホンを押した。普段ならばここで返ってくるのは沈黙なのだが、その日は勝手が違っていた。

『……ハイ』

(——起きてる?)

滅多に聞いたことのない、インターフォン越しの執行の声に驚いて、名乗るのをうっかり忘れてしまう。と、怪訝《けげん》そうな執行の声が続いて聞こえてきた。

『勧誘ならお断りですけど……?』

「あ、や、直樹っ、江角直樹です!」

別にそこで会話が途切れたところでロックの解除方法は知っているわけだから、焦ることはなかったのだが、思わず勢いで急くように名乗ってしまう。すると、笑み含んだ声が『なんだ』と言った。

『直樹くんか。待って、いま開ける』

「はいー」

およそここに通うようになって交わしたことのない台詞のやりとりに、なんだか面食らってしまう。

程なくして電子ロックの外れる軽い音とともに、内側からドアは開かれた。

「おはよう、いらっしゃい」

「は……ドモ」

朝っぱらから覚醒している執行というものに慣れなくて、思わず腰が引けてしまう。しかしその数秒後、いつもより痩《こ》けた頬と、部屋の中に漂う煙草のきつい香り、なにより、目の前にあるVネックのニットから漂うすさまじい酒気に、直樹は顔を顰《しか》めた。

もしかして。

「執行さん」

彼は早起きだったのではなく。

「寝ないで飲んでました……？」

問いには答えず、ふっと薄く笑んだ執行はそのまま室内へときびすを返していく。

「あ、ちょ、……ちょっと！」

靴を脱ぎながらあとを追うと、リビングの空気は目が痛くなるほど白く濁っていて、胸苦しいほどだった。いつも執行が寝っ転がっているラグの横には吸い殻で山盛りになった灰皿と、主に似た寝姿の酒瓶の数々。

「窓、開けますよっ」

どこか執行の様子がおかしいのは気づいたけれど、それを追求していいものかどうか判断がつかずに、とりあえずいつもと同じ行動をとってしまう。なにより、この空気の悪さは同じスモーカーとしてもいただけない。

ぼんやりと座り込む執行を後目に、窓を次々と開け放つと、煙が一気に流れていくのが目でわかるほどだ。ひどいのも道理で、ある程度の換気がすんで気づいたのだが、燃えさしの積みあがった灰皿からも煙が燻《くすぶ》っていた。

「火事になったらどうするんですか、もう……！」

慌てて大ぶりのそれを流しへと運び、水をかけてからダスターへ捨てた。

ついで、空になった酒瓶もそうでないものもひとまとめにして片づけると、なぜかグラスが二つあった。片方は、埃の浮いた酒が注がれたまま放置されており、しかし客人があった形跡もないのにと訝しみながらも、ともあれと流しにそれを始末する。

クッションのいいソファの背に、埋まるようにしてもたれている執行のもとに戻った。

青白いような顔色は、とてもアルコールを摂取したあととは思えない。虚ろな表情は酔いのせいというよりもむしろ、なにかに心を奪われてしまったような心許なさを直樹に覚えさせた。

「大丈夫ですか？　気分、悪くないですか？」

問いかけても返事はなかったが、差し出した水だけは受け取ってくれた。冷えたミネラルウォーターを口に含んだ執行は、それでようやく喉の乾きに気づいたように、一息にグラスの中身を干してしまう。

「まだいります？」

いらない、というふうに執行はのろのろとかぶりを振る。玄関で対峙したときには暗くてわからなかったが、いつもは澄んだ色をしている瞳が赤く濁っていて、執行の身体の疲れと精神の荒れを直樹に教えてきた。

なにかあったのだろうか、とふと考えたあと、昨日の朝の電話を思い出した。

(叔母さんが亡くなったとか、言ってたっけ)

ごく短い会話だったけれど、気落ちした声を隠せないような、そんな電話だった。

執行にとって、大事なひとだったのだろう。こんなふうにひとり、酒瓶を傾けながら、朝までまんじりともできないほどには。

「なにか食べます？　あの、気持ち悪くなければ、スープとかなら、俺作れますよ？」

自然やわらかくなる声が、すこしでも慰めになればいいがと直樹は思った。

孤独な酒宴のあとを片づけて気づいたのだが、つまみらしいものはなにもないまま、ひたすらに強い酒ばかりあおったようだった。胃を落ちつかせるためにも、なにか口に入れたほうがいいだろう。

直樹の提案に、ふっと長い睫毛があがる。心許ないような表情を浮かべた年上の男がひどく哀れに映って、無意識に宥めるような微笑が浮かぶ。

「んじゃ、ちっと待っててくださいね」

外食の多い執行の家の冷蔵庫にはいずれもろくな食材はない。それどころかひどいときには熱に変質を起こしやすい画材の類が突っ込んであることもざらだ。

(トマトのスープでいいかな)

親が忙しかったおかげでというか、必要に迫られてのことではあるが、簡単なものなら作れる。この間弟に作ってやって好評だったそれは、ミネストローネの変形のようなものではあるが、栄養もあるし身体にもやさしいだろう。

「ん?」

頭に思い浮かべた材料を近くの店で買い込んでこようと立ちあがった直樹の腕は、なにかに引っ張られた。振り返れば、執行がまるで子供のような顔をしてじっと見あげてきている。

「すぐ戻りますよ」

このところ、彼の存在に身構えていた自分が馬鹿馬鹿しくなるほど、その表情は頼りなかった。そっと腕をほどきソファに横たわるよう促して、落ちつかせるようにその肩を軽く叩いた。

「寝ててください」

もう一度立ちあがり、笑いかけてやると、薄い唇が「ごめん」と声のないままに動いた。

「起きる頃にはできてると思うから」

かぶりを振り、それだけを告げると疲労の色の濃い瞼は伏せられる。神経がぎりぎりまで張りつめていたのだろうか、そのままとんと執行は眠りに落ちてしまった。

なんだか直樹の訪れによって安心したかのような、そんな眠りかただった。

気恥ずかしいようなものを覚えながら、とりあえず買い物に出向く。あまり利用したことはない近くのマーケットは食材の品数も種類も豊富で、家の近所にあれば便利だなどと思いつつ、ほいほいと買い物かごに目当てのものを投げ入れていった。

「戻りましたー」

戻ってきた直樹がドアを開けた音にも反応しないまま、執行はこんこんと眠っていた。

ほっと息をついて、見知ったけれど実際にはろくに使ったことはない水周りをたしかめる。

調理器具は一通り揃っており、それも案外実際的な使い勝手のよいものばかりだった。

「そういえば、忙しくなる前は料理が趣味だったって言ってたっけな」

直樹がバイトに来るすこし前くらいから忙しさがピークに達したようで、いまではほとんどやっていないとぼやいていたこともある。

執行の言葉通り使われた形跡がなく、うっすらと埃のかぶった鍋をまず洗うところから下準備ははじまった。

「調味料、結構揃ってんな」

ベイリーフやシナモン、固形コンソメもビーフとチキンの両方がある。案外にこだわるほうなのかもしれないと思いつつ、檜《ひのき》のまな板を水で湿らせた。

熟れたトマトを湯ムキして刻み、オリーブオイルで炒める。タマネギ、人参とジャガイモ、鶏肉もザッと炒めてから、深鍋に移した。

ブイヨンを入れて煮込みながら棚を見ると、チリペッパーや豆板醤《トウバンジャン》などが目に付いたが、アルコールに荒れた胃のことを考えて、軽く塩と胡椒で味を調えるに留める。

スープだけというのも寂しいので、残った材料を使ってパスタのソースにすることにして、くつくつと音を立てる鍋に、最後に少しだけ味噌を溶き入れ、トマトの尖った酸味を消す。

一口味見して、これまでになくうまくいったと内心密かに満足感を覚えた。

「でも、早すぎたか？」

時計を見ると、ちょうど十二時を回ったところで、できあがりまでに三十分も経っていない。

自分の家と勝手の違う分すこしもたついたけれど、買い物に行っていた時間を合わせても一時間も経っていない。疲れた執行を起こそうかどうしようかと迷っていると、背後から声をかけられた。

「いい匂いだね」

「あ、起きちゃいました？」

寝穢い執行が自発的に目を覚ましたことに驚きつつ振り返ると、見慣れたぼんやりとした表情に行き当たる。

「嗅覚に誘われてね、目が覚めちゃった」

ほんの僅かな仮眠だったが、彼を落ちつかせることには成功したようだった。ほっと息をついた直樹は、「運ぶから座っててください」と告げる。

「起きてくれてよかった、時間経つとパスタがまずくなるし、どうしようかと思ったんですよ」

トレイに二人分の食事を載せてリビングへ現れた直樹がそう言うと、お手数かけます、と執行は笑ってみせる。まだ疲れの残る顔色ではあったけれど、あの虚ろな雰囲気はそこにはなかった。

「ありがとう、これすごくおいしいよ」

「よかったあ」

懸念していた体調のほうも、嬉しそうにスープを口に運ぶ様子から見れば大丈夫なようで、意外に酒豪なのかもしれないと内心舌を巻く。なにしろ転がっていた酒瓶はワインやウォッカなど種類もバラバラで、片手の指では足りなかったのだ。すべて新しく封を切ったものばかりではなかっただろうけれど、それにしても尋常な量でなかった。同じだけの酒量を直樹がきこしめせば、いまごろはひっくり返っているか、下手すれば病院行きかもしれない。

「酒、強いんすね」

たまに食事のついでにたしなむことはあっても、直樹の目の前でそうそうアルコールをとることはなかった執行に知らなかったと言うと、「飲んでも酔わないから」という苦笑混じりの言葉が返った。

「前に、医者の友達におもしろ半分で検査してもらったんだけど、アルコールを分解する酵素がひとより多いらしくてね。飲んでも飲まなくても変わらないんで、滅多にひとりじゃやらないんだけど」

言いながら、皿の上のパスタを巻き取っていた執行の手元が、少し止まった気がした。

「ふーん。でも強いの羨ましいですね」

「つまんないよ」

できるだけ明るくかわそうと思っていたのに、ぽつりと呟かれた声音の弱さにそれもできなくなる。沈黙が降りて、それは直樹には特に気詰まりなものではなかったけれど、執行にとっては違ったらしい。

空になった皿を流しに運び、落としておいたコーヒーにミルクをたっぷり入れて勧めると、ありがとうと弱く笑った。その笑みがあまりに弱々しくて、向かいに腰かけようとしてそれをやめ、執行の隣に腰を落とした。

直樹の気遣うような視線を受けて、端整な横顔には曖昧な笑みが浮かぶ。

「まだ中学生のときに、叔母がね、酒を教えてくれたんだ」

目線を落としたまま、独り言のように執行は話しはじめる。

「ずっと独り身でね、明るい、きれいなひとだったのに結婚しなくって。理由は、ぼくは知らないんだけど、……訊《き》いても教えてもらえなかったし」

「そうなんですか」

なにを返していいのかわからず、カップを両手に持ったまま曖昧に相づちを打つ。そんな直樹の声を聞いているのかいないのか、わからないまま、執行のぼんやりとした声はなおも続いた。

「親戚の中じゃ変わり者で、ぼくもそうで。だから余計に気が合ったのかもしれないけど」

似たもの同士でね、と薄い笑みを浮かべて執行は言った。

「はじめて飲まされたのは、水割りだったな。指で計るのよって、笑って……ストレートで飲もうとしたら、ウイスキーは割って飲むものだってたしなめられて」

無邪気なひとだった、と懐かしむような声で呟く。

「そのとき、ぼくは自分が変わってる……つまり女性はだめだって悟りはじめた頃で、鬱々《うつうつ》としててね。叔母と差し向かいで飲みながら、気がついたら泣いてた」

「執行さん」

静かな声の背後に、執行の人生が透けて見える。直樹に告白したときのようにあっさりと、「ゲイだ」と言い切れるようになるまで、随分と彼も苦悩したのだろうと想像した。

目の前にいる男は常に大人で、生まれたときからそのままのような気がしていた自分に直樹は気づく。

けれど、執行がいまの執行足り得るまでには三十余年の歳月があり、彼にも多感な、傷つきやすい時期があったのは当然のことなのだ。

垣間見える繊細な少年の横顔に、直樹は、目の前の男がどんなふうに傷つきながら、ゆったりとした大人になったのかをふと想像してみる。

そして、同年代の「大人」よりもきっと、その頃のやわらかい感性を持ち続けているのだろうと、穏やかに見せながら傷ついている瞳を見つめ、直樹は切なくなった。

「えり子さん……叔母だけど……酔っぱらって泣いてる甥っ子の話を、ずっと聞いてくれてね。いまじゃこうして笑って言えるけど、本当に思いつめてたから、救われた気がしたんだ」

笑って言える、と執行は言ったけれど、それは嘘だと思った。そんな哀しい、泣き出しそうな顔をしているくせにと心の中で呟きながら、口にすることはできない。

上背も年齢も、直樹を遥かに上回るはずの存在が、やけに脆《もろ》く見えて、不用意に動けばそれだけで崩れてしまいそうで——身じろぎもできないまま、静かな声に耳を傾けた。

「結局、大学に入った頃に親にばれてね。ひと騒動あって、このマンションをもらう替わりに実質的に縁切りになってる。えり子さんとだけは、たまに連絡取ってたけど……このところ忙しくて、電話もしてなかったな」

「じゃあ」

通夜に行ったところで、身の置き所もなかったろう。執行を快く思わない親や親戚達の視線にさらされ、唯一存在を認めてくれた心深い女性は、物言わぬ棺《ひつぎ》の中。きっと葬儀のあと、そそくさと帰ってくる以外になかったのだろう。ゆっくりと弔いをして見送ることさえできずに。

もう二度と干されることのない、慕わしい存在のためのグラスを目の前に置いて、いったいどんな気持ちで、ひとり、飲み続けていたのだろう。

寂しい光景を思い浮かべ、じくじくと直樹の胸は痛み続ける。

「つらかった、ですね」

こんなとき、陳腐な言葉しか言えない自分は、なんて情けないのだろう。

けれど、その言葉に、うん、と執行は頷いて、温くなりはじめたカフェオレをすすった。

「最後に話したの、一年以上前なんだ。……忙しくて、連絡するのも忘れてた。でもどこかで、あのひとはそういうぼくのことを許してくれるからって……思って、怠けてた」

言葉を切り、直樹を見つめた目の縁が赤い。泣きたいのに、でも泣けない、そんな表情で笑っている執行は、哀しげで、ひどくきれいに見えた。

考えるより先に、手が伸びていた。

寝乱れた髪をそっと撫でると、いつもの艶がない。もつれた房をほどくように、子供を宥めるように、言葉はかけないまま、直樹は何度も年上の男の髪を撫で続けた。

「でも、もう、いない」

触れた指の先から悼《いた》む気持ちが伝染してきたかのように、直樹の胸にはしんしんと切なさが降り積もっていく。

とても、痛い。

「全部許してくれたあのひとが、もう、いない」

震える声を吐き出して、もたれかかるように、執行は身体を預けてくる。肩口に、高い鼻梁《びりょう》が埋められる。自然に受け止めて、広い背中に手のひらを添えた。呼気がひきつれ、引き締まった背中が大きく波打つ。

堪えなくてもいいと、自分のできうる限りにやさしく、直樹はそれを撫で続けた。酒に焼けた喉から、かすれきった悲痛な声が、絞り出すように言葉を綴る。

「最後に、なにを話したっけ、とか、……あのひとが最近好きだったのはどの酒だったかな、とか、考えて、ずっと考えて、……でもわからなかった……っ」

「執行さん」

きつく抱きしめられ、必死になって背中を抱き返した。震えている広い胸に抱き取られても、危機感などなかった。

繊細で、脆い心を剝き出しにした執行を、ただ慰めてやりたかった。流されてもいいとさえ思って、それは失礼だろうかとも考える。それでも、自分がなにかを与えることで執行が

満たされるなら、きっと後悔などしないと思うのだ。

背中に指が食い込む。すがるような力にふと身じろげば、更に強くかき抱かれる。そして、肩口に染み入って来る熱さに、はっとなった。

（……泣いてる）

子供のようにすがり、けれど耐えることをやめられないまま声を嚙みしめて泣く執行に、結局はなにもしてやれない。

「執行さん」

気の利いた言葉ひとつ発せず、ただこうして名を呼び、涙を受け止めることしかできない。

自分の無力さを嚙みしめたまま、じわりと肩のあたりが濡れていくのを直樹は感じていた。


どれくらい時間が経ったのか、わからなかった。ただ、きつく縛《いまし》められたままの身体が痺れてきていることで、かなり長い間抱き合っていたことだけはわかる。

深く息をついた執行がゆっくりと身体を起こし、赤くなった目尻を照れくさそうに長い指で覆った。そこはもう乾いていたけれど、肩口に残された湿った感触が、彼の涙を直樹に教える。

執行がそっと身体を離すと、少し寒い気がした。分け合っていた体温が名残惜しいような気がして、しかし正気に戻るとそれがひどく気恥ずかしい。

「カフェオレ、冷めちゃいましたね」

「ああ」

「淹れなおしましょっか」

なんとなく隣に座っているのも気まずく、腰を浮かせた直樹に執行はひとつ笑ってみせる。

そしてふと、直樹の顔を見あげたまま、なにかに思い当たったように息を飲んだ。

「執行さん？」

また腕を摑まれ、隣に腰かけさせられて、直樹は「どうしました」と問いかける。

「思いだした」

「え？」

直樹の顔をじっと見つめ、それでいてその向こうを見据えるような目線で、執行は早口に言った。

「えり子さん、仕事でいまフランスに居るって……夜中に、電話してきて、それで、……きみのことを」

「俺？」

上目遣いになりながら自分を指さすと、うん、と頷いた執行がふわりと笑った。

「好きな子ができたって……話したんだ」

間近にある端整な顔立ちに、嬉しそうな、幸せそうな、やわらかい笑みをまっすぐに向けられて、甘く囁《ささや》くような声音の「好きな子」という言葉に、気がつけば直樹の頬は火照《ほて》っていた。

「直樹って言って、とてもいい子だって、そう話して……そしたら、会いたいなって……笑ってたっけ」

ふふ、と笑った執行の瞳がまた潤んでいた。そのまま見つめられ、奇妙な、熱の高い痛みに胸の奥が支配されるような感覚に陥り、直樹は焦った。

それは先ほどまでの共鳴に似た痛みとは明らかに違い、痺れるような甘さを含んで直樹を混乱させる。

「きみの話をして、笑ってたんだ」

最後の思い出が、穏やかで暖かいものであったことが、ほんのすこしでも執行の救いになったなら、それが例えどんな話であれ、よかったと思う。

そんな安堵に似た思いを抱きながら、なぜだか頬の火照りはひどくなっていく。

沸き起こった甘い惑乱に戸惑いつつも、まっすぐな視線にちいさく笑み返すと、長い腕にもう一度抱き取られる。その抱擁《ほうよう》が、先ほどとは意味合いの異なるものだと知りながらも、直樹は拒めなかった。

「ごめん、すこしだけ……こうさせて」

「いい、です」

いやなことはしない、と執行は言った。そして、自分はこの腕を、いやだとは思えなかった。だから、これはなにも謝る必要のないことで……。

そう思うけれど、言葉はひとつも形にはならず、ただおずおずと、一回り広い背中に指を回す。触れた瞬間、僅かにこわばった背中の力に、胸を刺すような痛みが強くなった。

そして、昨日美帆に投げかけられた言葉をふと思いだす。

――こんなことがなかったとしても、いつかそういう関係になってたんじゃないの？

その言葉を、いまも承伏はできないけれど。

例えばあんな交換条件を持ち出される前にも、こうして弱った執行を見つけてしまえば、自分はきっと同じ行動を取っただろうと思う。

そしてやはり、赤らんだ瞳を前にして、胸が痛んだことだろう。

「ありがとう……ごめんね」

耳元に小さな囁きが落ちた。首を振り、かまわないと示すと、執行の腕はいっそう強くなり、直樹の鼓動を落ちつかなくさせる。

肉の薄い身体に見える執行なのに、抱きしめられればたしかに完成した大人の男のたくましさがあった。そこそこに長身で、けれど所詮《しょせん》は十代の、成長しきっていない直樹の肩をくるむように、長い腕はやわらかな拘束を施している。指は長く、思うよりも強い。

気づいていてもどうという感慨を持つこともなかった事実のひとつひとつが、やけに鮮明に胸に迫ってくる。

どうしようもないほど、執行を意識している自分に気づき、まずい、と直樹は思った。頰に触れる静かな呼気を不快だと思えない。触れている体温に、違和感がない。それでいて、奇妙な落ちつかなさに胸が騒いでいる。

流されてもいいとさえ思った自分を、こうしてあらためて考えてみても否定できない。思うよりも執行に向けた情は深くあったようだと知って、うろたえるような気分になる。

(……まずいって)

身じろぐと、「どうしたの」と言うように瞳を覗き込まれる。ぶつかった視線に息を飲み、これほど近しい距離でさえあらの見つからない端整な顔に、大きく鼓動が跳ねあがった。

長い睫毛に縁取られたきれいな瞳は潤みを帯び、幾分和らいだけれど、そこに残された憂いの影さえも、整った顔立ちの艶を増す効果になる。

このひとは、こんな顔をしていたのだろうか。

胸が震えるような思いに耐えかねて、直樹はぎこちなく顔をうつむける。

「直樹、くん?」

不自然に目を逸らした直樹に怪訝そうな声がかけられ、ややあって、そっと微笑む執行が目の端に映った。

「直樹、って呼んでもいい……？」

「あ、の」

額を合わせたまま、背筋が震えるような甘い響きで囁かれ、眩暈《めまい》がするような錯覚を覚えた。曖昧に頷くと、緊張して強ばる背中に回された手のひらが、そっとなめらかに動く。

官能的なその感触に、誤魔化しようもなく肩が揺れてしまう。心臓はうるさいほどに高鳴って、耳の先までが熱くなった。

「いまだけだから」

頬に、指が触れた。この先に起こることを知っていながら、直樹は思わず目を閉じてしまう。

顎を少し上向かされ、吐息だけの声で「いいの？」と訊ねられて。

「いやじゃ、ないです」

ただそれだけを答えるのが、精一杯だった直樹に、ごめんねと囁く言葉が落ちてくる。

唇の、その上に、僅かに震えながら。

「ずるいって、思っていいから」

「そ、……！」

どこか哀しげな響きに、思わず目を開け、映ったのは視界一杯にぼやけた執行の顔立ちだった。

閉じた視界で誤魔化すこともできないまま、執行の口づけを受け入れる瞬間を目《ま》の当たりにして、息が止まりそうになる。

そっと、驚かさないよう、怯えさせないように気遣う気持ちが伝わってくるやさしい唇は、同じ男のものなのにひどくやわらかく、直樹のそれを吸いあげてくる。

僅かに残るアルコールの匂いに覚えたのは、どこかあやふやな酩酊感《めいていかん》と、官能の予兆。

「ふ」

知らず開かれた唇の隙間に、熱く濡れたものが這わされて、小刻みに震える吐息ごと男の唇に搦《から》め捕られた瞬間、なにもかもどうでもいいような、そんな感覚に襲われて。

もう一度閉じられた瞼の上に刷《は》かれた色はひどく甘いだろうことを、直樹はもう知ってしまった。

＊　＊　＊

（……ほだされた）

自室のベッドの上に転がって天井《てんじょう》を眺めながら、ぼんやりと直樹《なおき》はこの日知ったばかりの執行《しぎょう》の唇を思いだしていた。

彼の濡れた舌は、唇の上を何度もかすったけれど、最後まで直樹の中に侵入してくることはなかった。それでも、ちいさな水音と濡れた吐息だけで、反応してしまいそうな身体《からだ》を必死に押しとどめなければならないほどに、与えられる感覚は鋭く甘かった。

あのまま求められても、きっと拒めなかったと思う。執行はしっとりと直樹の唇を濡らすだけに留まり、抱きしめた腕でそっと背中をなぞる以外には行為を深めようとはしなかった。唇をほどいて、恥ずかしさやいたたまれなさで身動きのとれなくなっていた直樹をやんわりと解放して、結局いつも通りに仕事をして。約束の二時間は、遅れてしまった仕事をやっつけるために費やされ、帰り際にはいつもの穏やかな顔をした執行に玄関先まで見送られた。

——ごちそうさま、スープ、おいしかったよ。

大したことはないと答える自分の顔が赤くなるのがわかって、ろくろく執行の顔も見れないまま走り去るようにその場をあとにしてしまったけれど。

明日から、どんな顔をして執行に接すればいいのかわからない。

それ以上に、あんな甘い口づけをしたあとで、平然としてみせる執行が、やはり自分とは比べものにならないほどの大人なのだと感じて、すこし悔しい気がしている。

なにもなかったみたいに、ふんわりと笑ってみせる執行に恨みがましい気分になって、落《らく》胆《たん》さえ覚えている。

「どうかしてる」

これじゃ、美帆《みほ》の言った通りじゃないか。

どうしようもなく意識して、触れられないことでその感触を追いかけてしまう。手管《てくだ》だとすれば大したものだけれど、今日の執行にそんなずるさは見えなかった。

胸を上下させ、大きく息をついて、自分の呼気に震えた唇に、執行は触れたのだ。

いまさらに艶めかしくその感触が甦《よみがえ》って、落ちつかなくなる。覚えのある熱はもうずっと、下肢にわだかまってやるせない。

美帆と別れて以来、久しぶりに触れた他人の体温に、若い身体は節操なく反応して、受験やなにやかやで忘れていた男の生理が暴れはじめている。

「どうしろってんだよー」

情けなく呟いたところで、返る答えもない。布団を頭から被り、眠りに逃避しようとしても、一向に睡魔は訪れない。

(……直樹)

耳にそそぎ込まれた声の甘さ、それがじりじりと炙《あぶ》るように背筋を這い上ってくる。

あんな声、忘れられるわけがない。

もぞりと脚を摺り合わせると、ジーンズが窮屈だった。宥《なだ》めようと手を伸ばすと、ほんの僅か手のひらが触れただけで、じわんとした甘さが腰を重くする。

ずっとしてなくて、たまってて、だから。

沢山の言い訳を頭の中で繰り返しながらそろそろとそこを撫でると、息があがってくる。

苦しくて、もうなにもかもどうでもいいとやけくその気分のままにジッパーに手をかけ、前をくつろげた。

「くぅ……っ」

握りしめると、濡れた感触がした。情けなさに涙が出そうだと思うけれど、もういまさらやめられもしない。

目を閉じ指を動かしながら、昔見たビデオや、美帆の身体を思いだそうと努める。けれど甘い戦慄《せんりつ》が背筋を走るたび、脳裏に浮かぶのは鋭角的な顎のラインと、長い指の触れた頬の痺《しび》れだ。

「違う……やだ」

唇が触れた。アルコールと煙草の匂いがして、それすらも不快に感じさせない巧みなやさしさで何度も吸いあげられた。

唇の隙間を何度もなぞったくせに、最後まで忍んでくることのなかった執行の舌を、だからこそひどく意識していた。

「や……ア」

喉が渇いて、広い背中にすがるように巻き付けていた自分の腕はずっと震えていた。

いっそもっと強く奪われたら、あの震えは止まっただろうか。

（いやだ……っ）

脚の間で蠢《うごめ》く指とは反対の手で、唇をふさいだ。あられもない声が洩《も》れそうだった。ひとりでしていてこんなにも溺れそうな感覚に捕らわれるのははじめてで、恐ろしくさえある。

上掛けにくるまれているはずなのに、濡れた音がやけに耳についた。断続的な深い吐息に指が湿っていく。

「は、ふあ、……っ」

知らず、執行の唇が触れたラインを人差し指がなぞっていた。踏み込まれないまま何度も舐められた、その動きを憶えてしまっていた、たった一度の口づけで。

「いやだ……執行さ……んっ」

こんなことでは、深く触れられたらいったい、どうなってしまうんだろう……どんな感じがするんだろう。溶けそうなほど舌を舐められ、肌をかじられたら、この身体は、そのとき。

「あ……！」

弾ける瞬間、唇に含んだ指先が淫らに蠢いていた。

知ることのなかった執行の、その舌の替わりのように。

「うそぉ」

うるさいほどに心臓が高鳴っていた。自慰で自失しそうになるほど感じたのははじめてで、呆然とした表情のまま、直樹は濡れた下肢を始末する。

（執行さんで……いっちゃったよ）

それも彼の口づけを思いだしただけで。

「っお、俺の」

羞恥と、混乱したままの理由のない、闇雲な怒りに巻かれるまま、手近にあった枕を壁に投げつけ、直樹は叫んだ。

「俺の……バカッ」

そしてその後、叫びを聞きつけた隣室の弟に冷たい目で「兄ちゃん、うるさい。近所迷惑」と言われるにいたって、兄としての沽券《こけん》さえも地に落ちたとただ枕を噛むしかない、直樹なのだった。

＊　＊　＊

それからの数日は、表面上、なにごともなかったかのように過ぎていった。

執行はあれっきり、それらしいアクションを仕かけてくることもなく、バイトの引けたあとの二時間も、以前に言ったように馴染みの居酒屋でのんびりと家庭料理を楽しんだり、部屋で手製の料理を披露してくれたりといった具合だった。

そしてもう、期日は折り返し地点を過ぎ、残すところあと四日となった。

このままときが過ぎてしまえば、恐らく知らぬふりで、年の離れた友人のような、気の置けない雇用関係を続けていけるだろうと予測できる、そんな穏やかでなにもない日々。その中で、直樹の気持ちだけがぐらぐらと揺れ動いていた。

必死になって平常心を装わなければ、執行を思いだして手のひらを濡らした夜のことがばれるのではないかと、そんなふうに感じられてしかたなかったのだ。

しかし、もともとがポーカーフェイスとはほど遠い直樹だ。落ちつこう、忘れようとすればするほどに態度は頑《かたく》な、挙動はいよいよ不審なものになり、心がざわついたまま、夜もあまり眠れない。健康そうだった直樹の頬には濃い疲労の色がたまり、しばらくぶりの知人に街で出くわせば「悩みがあるのか」と聞かれるほどだった。

それに執行が気づかないわけもない。

日に日に疲れていく直樹を、執行はじっと見つめるだけで口を出そうとはしなかったけれど結局、その微妙な膠着《こうちゃく》状態に根をあげたのは、彼のほうだった。


パソコンに向かったまま、寝不足の瞼《まぶた》を子供のように手で擦った直樹に、執行は深く吐息して、ぽつりと言った。

「すこし早いけど、今日はこれであがりにしよう」

「え」

時計を見れば五時三十分をすこし回ったところで、直樹は首を傾《かし》げる。

「でもあとちょっとですけど」

「うん、でも切りもいいし、……ちょっと話があるから」

言うなり、いつもの仕事用のデスク周りを執行は片づけはじめてしまう。ぼんやりとそれを見送っていた直樹だが、そちらも片づけるようにと執行に言われ、納得いかないながらものろのろと片づけをはじめた。

「えと、じゃあ、お茶」

「ぼくが淹《い》れる、座って」

言いさした言葉を遮り、さっさとキッチンへと向かわれてしまう。執行の表情や声がすこし硬い気がして戸惑った直樹だけれど、さりとて追求するのもはばかられ、大人しくリビングのソファに腰かけた。

クッションのきいた座り心地の良さに、またふわんと欠伸《あくび》が出てしまう。いかん、と顔を乱暴に擦るけれど、どうにも頭がぼんやりとしてしかたなかった。

そして、自分のこんな状態が妙だということにも気づいていた。

執行のせいで眠れないのに、ここ数日は彼の目の前にいると緊張するどころか、やたらとぼんやり眠くなってしまう。神経が疲れ切っている弊害かと思うのだけれど、それも微妙に違う気がした。

唇を触れ合わせたあの日以来、特に変わることのなかった執行の態度だけれど、それが自分を怯えさせないように、彼が細心の注意を払って居るのだと気づかないほどには鈍くない。一定の距離を取って、それ以上踏み込まないよう、体温の気配が届かないように振る舞っている執行に気づいたのは、なんだか寂しいと感じてしまったその理由を考えたときだ。

執行は本当に、直樹になにもするつもりはなかったのだろう。この間のキスは事故のようなもので、提示された「援助交際」から逸脱したものだったのだろうことには、その翌日になにごともなかった顔で笑う執行を見つけてすぐにわかってしまった。

——おはよう、直樹くん。

いつものように寝ぼけて、執行はそう言った。直樹、とはもう、呼んでくれなかった。

彼の中のシナリオに、一線を越えるという項目がないことに対して直樹が覚えたのは、同じほどの安堵と落胆だった。

あと数日やり過ごせば、また平和な日々が戻ってくるとわかっているのに、どうにもやりきれない気持ちが日に日に大きくなっていく。

だから眠れない。

執行がわからなくて、それ以上に、自分の気持ちが見えなくなっているせいだ。

「今日はジャスミンティー」

疲れてるみたいだから、とカップを運んでくれる手元をぼんやり眺め、礼を言ったつもりの言葉は舌の奥に消える。

指がきれいだと思って、見とれていたせいだ。

爪の形が四角く、細く見えるのは節が長いせいだ。実際に触れてみれば、案外に肉厚の手のひら。肩と、背中と、頬だけが知っている、執行の手の感触。

「大丈夫？」

「……あ？　ああ、すみません、いただきます」

苦笑混じりにそう訊《たず》ねられるまで、瞬きさえも忘れていたようだった。慌てて花の香りのするお茶に口を付けると、ふう、と執行はまたため息をついた。

彼自身はカップに手を付けることもなく、その長い指をゆるく組んだまま、向かい合わせに腰かけた直樹をじっと見つめてくる。

「なんですか」

ひたと自分に据えられている視線が居心地悪く、僅かに腰をずらして直樹は問いかける。話がある、と言ったくせに切り出そうとはしない執行にもう一度促すと、うん、と吐息した彼はふっとうなだれるように深く視線を沈めたあと、ゆっくりと髪を揺らしながら顔をあげた。

「もう、いいよ」

ごく静かな口調で、だがきっぱりとそう告げられたのがなにに対するものなのだか、直樹はすぐに気づいた。けれどわからないふりで、ゆっくりと芳しいお茶を一口飲み下す。

「なにがですか？」

挑むような眼差しで敢えてそう口にすると、執行はどこかつらそうな表情になる。

「ぼくがあんなことを言いだしたせいで、ずいぶんと考え込ませてしまったようだから」

もうよそう、とかすれた声で執行は続ける。

「まだあと四日あります」

潤したはずの喉が絡む気がして、重苦しい息を吐き出しながら直樹は言った。ちりちりと胃が焦げるような錯覚があって、ひどく自分が腹を立てているのだと、ようやく気がつく。

「二週間、って言ったの執行さんじゃないですか」

「それでも！……もういいんだ、充分だよ」

すこし苛立ったように声をあげ、執行はすぐにそれをおさめてしまう。

「ぼくが悪かった……魔が差したんだ。もう、本当によそう、きみにそんな顔をさせているのは、つらい」

組んだ指で、きつく顰《ひそ》められた眉《まゆ》の辺りを押さえ、うめくように執行は言った。その苦しげな表情を眺めながら、カップを持った直樹の指が細かく震えはじめる。

「なんすか、それ」

淡い色の水面が波紋を描くのを眺めながら、自分でも驚くほどに激しい声が出るのを止められなかった。

「だったら最初っからあんなこと言うんじゃねえよっ！」

カップをテーブルに叩きつけそうになり、それだけは必死で堪えながらも、激した声は抑えられなかった。

「自分の気がすんだからそれでオシマイって、……なこと言われたって、俺は……！」

もどかしく唇を噛み、その先の言葉を飲み込んだ。結局は直樹自身、なぜここまで苛立ち憤ってしまうのかわからないでいるのだ。

ただ、ここで放り出さないで欲しいと、それだけを思った。

眠れない夜に考え続けた答えが、もうすこしで手に入りそうなのに。

執行に手を離されてしまっては、なにもかもわからなくなる。そしてただわだかまった感情のもつれだけが、執行と直樹の間を隔ててしまうだろうことだけは予想がついた。

「執行さんっ」

摑《つか》みかからんばかりに身を乗り出し、必死の面持ちで見つめる先の男は、視線さえも合わせようとはしない。ただじっと耐えるように、己の組んだ指先を眺めるばかりだ。

その姿がやけに遠くて、ひどく哀しい気分になった。

抱きしめあって、肩に執行の涙を知ったとき、誰よりも近しい位置にいる自分が嬉しくさえあったのに。

触れた唇も、指の強さも、なかったことにされてしまうのだろうか。

(それは、ないんじゃない……?)

むなしささえ感じて、それでもあきらめきれずにそっと指を伸ばした。

「執行、さん」

長い指に触れると、硬く強ばっているのがわかる。つらそうにうつむいた端整な顔をじっと眺めおろし、頑なに結ばれた唇にもう一度触れたいと思った。

慰めでも同情でもなく、自分から、ただ衝動のままに触れたいと思った。

「ずるいよ」

たった一度の口づけに、捕らわれている自分を知って、苦しさを堪えながら直樹はそう呟いた。

「こんな顔させてるのがつらいって言うんなら、どうして、執行さんがどうにかしてくんないの?」

「直樹くん」

ようやく顔をあげた執行にすこしだけ安堵しながら、中腰の姿勢のまま直樹は言葉を紡ぐ。

「俺、ガキだから、キスだけだってその気になっちゃうんだよ……? あの日、家に帰って俺がどんな気持ちだったか、まるきり考えてもくんなかったの?」

語らない言葉に滲《にじ》ませた、センシュアルなニュアンスに気づけと願った。

「執行さんは大人だから、いろいろ考えちゃってんのかもしれないけど、違うじゃん」

指をそっと握りしめる。手のひらが火照《ほて》っているのが恥ずかしかったけれど、冷たく強ばった執行のそれを暖めるのにはいいかもしれない。

ぬくもりを受け入れることを躊躇《ためら》うように、でも、と執行は喘ぐような声で言った。

「きみはゲイじゃないだろう？……勢いで、それこそどうにかなってしまって、あとで悔やむようなことになったら」

「あのねえ！」

まったくいまさらなことをぐずぐずと言いはじめた男に、直樹は思わず声を荒げた。

「援助交際しようって、言ったのそっちじゃん！　なのになんで俺がこんなこと言われなきゃなんないわけ？」

なじるような言葉に、執行の瞳が揺れた。そんな傷ついたような顔をしてみせてもだめだと、直樹は握った指を強くする。

「きれいごとじゃすまないんだよ。臆病なんだぼくは。きみに恨まれたり、嫌われたりするのは怖い。……それに」

苦い、弱い声がどんなに哀しそうでも、摑んだ指を直樹は離さない。

「後悔するようなことに、なって欲しくない」

同性を愛してしまうリスクを、まったくわからないほどに直樹も愚かではなかった。執行は恐らく、そうした道に引きずり込んでしまうことを危ぶんでいるのだろう。あのキスも、彼の予定にはなく、通り雨にあたったようなそんな事故だったのだろう。執行があれほどに弱っていなければ、きっと訪れることのない事態だったのだ。

けれどそれとても、いまさらの話だ。予定通りの人生なんてあり得ないし、おもしろくもないと直樹は内心でうそぶいた。

キスをした。お互いに合意の上だった。事故ではなかった。直樹と、執行の意志で唇は触れ合った。

執行が、若い直樹のこれからを真面目に思いやってくれているのだろうことは、その震える声で知れるけれど、絡んだ指に僅かに感じる欲望を、直樹はもう知っている。

「させなきゃいいでしょ」

一度きりの口づけで、どんなふうに欲しがられているのか、教えられてしまったのだ。第一、なにもかもを執行のせいにしてしまうほどに直樹は幼くないし、弱くもない。

見くびるな、とも思って、言葉はいっそう強くなる。

「そこまで言うんだったら、執行さんが後悔させないようにすればいい」

あんな甘い惑乱に引きずり込んでおいて、いまさら逃げるなんて許さない。

「強気だね」

ふっと、執行の瞳から迷う色が消え、組まれていた指がほどかれていく。弱さを捨てた視線に緊張が高まり、無意識に逃げようとした肩を摑まれる。

「知らないよ……？」

少し自棄《やけ》のように響く声音を吐き捨てた執行に、後ろ髪を捕らわれた。本気の貌《かお》をようやく見せた執行に、恐れを感じないと言えば嘘になる。

「か、まいません」

息を飲んだせいで、言い返す台詞《せりふ》がすこし途切れる。それでも、半端な気持ちで置いて行かれるよりは、いっそどうにかされてしまいたかった。

視線を絡めたまま、唇が触れ合った。軽い音を立てて吸い付いてくる唇は、やはりやわらかいと直樹は思う。

「こっちに、来て」

テーブル越しのキスはほんの一瞬でほどかれ、聞いたことのないような声音が直樹を搦《から》め捕る。

ふらふらと歩み寄った腰を抱かれて、膝の上に座らされ、恥ずかしさを感じるいとまもなくまた口づけられた。

「っ」

この間とは違う、すこし乱暴で、それだけに熱っぽい口づけだった。執行の腕は直樹の後頭部と膝頭にそれぞれゆるくあてがわれているだけで、強く身体を拘束するものではない。

逃げようと思えばいつでも逃げられる体勢は、もしかすると直樹の気が変わったときのためのものかもしれない。しかしそれだけに、こうしていることが自分の意志であることをいやでも感じさせられる。

本当に執行はずるいと思う。いっそ強引に迫られれば言い訳を紡ぎながら受け入れることもできるのに、態度だけはなにひとつ強要しないから、却ってこちらが追いかける羽目になるのだ。

「ずるい」

やんわりと唇を嚙まれながら恨みがましくそう呟くと、微苦笑が返ってくる。こんなきれいな顔で、そんな表情を浮かべられては、見とれるほかにできることもない。

惚けている間に、直樹、と囁いた薄い唇は、こめかみのあたりをくすぐった後に薄い耳殻《じかく》にたどり着く。

「あっ、ちょ……！」

濡れた感触に思わずうろたえ、うわずった声を漏らした直樹は背中を揺らした。耳の輪郭《りんかく》をたどる舌の動きは艶めかしく、明らかに下腹部への刺激となる。

抱きしめられること、一方的な愛撫を甘受する状態がどうにも慣れなくて、うぶな処女のような気分にいやでもさせられた。

植物的な印象のある執行なのに、抱きしめるやりかたは巧みだった。やさしく、ソフトに触れられて、そのくせ気がつけばしがみつくほかに逃げ場がない。

甘い声で、すこし頼りないほど繊細な容姿の彼が見た目通りの優男ではなく、年齢に見合った経験を積んだ大人だということを、こんなときに思い知らされる。

そして、いきがっても結局、一回り以上も若い直樹のほうが経験は浅く、当然ながら分が悪い。

覚悟を決めさせる間もなく、また怯える暇ももらえない口づけは、いつかの夜のそれと似ているようでいて違う。あの日には、こんな、奪うような激しさは感じられなかった。

直樹がそう感じるのは、付け入る隙を与えた自分を、執行が本当に逃がすつもりはないのだろうと、知っているからかもしれない。

「ふ……ん、んん」

この男のキスは悪い薬か甘い酒のようだった。口当たりよく舌をとろかせて、気づけばもうやめられない。身体がままならなくなる頃には、全身に毒が回ってしまう。

「しぎょ……さ、」

広い肩にすがる自分の手が、甘えるように蠢いている。視界は頼りなく潤み、同じほどに水気の増した声が無意識に媚びを滲ませた。

「直樹くん……直樹」

呼び交わす声がどうしようもないほどの甘さと蠱惑《こわく》を含んで、切なげなその響きは恋人同士の睦言《むつごと》以外のなにものでもない。

執行の切れ長の瞳で、熱っぽく見つめられる。その先にあるのが自分の姿だということをやはりどこかまだ信じ切れない。

熱くなる胸の上、鼓動を刻む器官を宥めるように、大きな手のひらが這わされる。春物のセーターに忍び込んだやさしい手には、しかし明確な目的があることを、ごくちいさな突起に触れられたことで直樹は知る。

「あぅ……っ」

布地の上から円を描くように撫でられ、そろりと摘みあげられる。途端にあがった甘い声は、腰の中心に走り抜けた痺れを執行に教えてしまう。

執行のきれいな指は、長いこと張りつめたそこをいじっていた。はじめて知る焦れったい刺激に直樹が溺れて、泣きだしそうな顔で先をねだるまで、執拗に、そしてやさしく。

「ああ、あ、執行さん……っ、や」

いやだ、と言いかけて、それでも強情に口を噤《つぐ》む。ふっと執行が笑った気配がして、涙目になってにらめば頬に口づけられた。

ソファの背にもたれていた直樹の身体は幾度も跳ねあがり、身体を取り巻く淫らな熱に蕩《と》かされる。卑猥に蠢く自分の脚が執行の一見ほっそりとした、けれど間近に抱き締めあえば引き締まってたくましいと知れる腰に絡むように触れる。

下着の中にこもる熱が不快で苦しい。

「ン……！」

唇を甘噛みされながら、きゅん、と両方同時に抓《つね》られて、直樹は切ない声をあげて首を振る。

長い髪がぱさぱさと頬を打って、ちいさな痛みを覚えた。弾みで離れた唇から零《こぼ》れた唾液を、執行のなめらかな舌が舐めとって、それにすら感じて直樹はうめいた。

美帆との稚拙なセックスでは味わうことのなかった粘着質な快感が恐ろしくなった。

馬鹿なことを言ったのかもしれない、早まったかもしれない。胸だけでこんなに感じて、この先どうなってしまうのだろう。

「や、だ」

総毛立つ感覚に、意地もなにも崩れていく。怖くて、そのくせに甘いおののきに、ただ溺れてしまいそうで。

「やだ……もうやだ……っ」

言葉の意図するところがわからなくなりながらいやだと繰り返し、直樹の腕は執行の背中を抱き締める。

甘えるような無意識の仕種《しぐさ》に、年上の男はやさしく笑った。

「もうすこし触ってもいい？」

執行はそう言いながら、悶える脚の間に大きな手のひらを添わせる。直樹がびくりと強ばったのは拒絶からではなく、直接的な快感を求めての身じろぎだと彼は知っているようだった。

執行の手が、ついに厚ぼったい布越しに直樹のそれに触れてきた。

「っん」

息を飲んだ直樹は、思わずしならせた背中を硬くする。

執拗で甘ったるい胸への刺激が、熱を持って脈打つセックスを育てたのは当たり前のことで、やさしげな指がたしかめるまでもなく、それは既に膨らみを主張している。

捨てきれない羞恥心が、コンナコトをしているいたたまれなさを思いださせ、暴れて振りほどいてしまいそうな衝動を直樹は必死で堪える。

荒くなる息を飲み込むせいで、呼気は一層苦しげになった。

「直樹？」

もっと楽にしていいよとやさしく囁かれたが、直樹は必死の形相で無言のまま首を振った。

ジーンズ越しにさえ、執行の指の強さと手のひらの大きさは感じられる。彼の手はひどくやさしくて、その分硬質な感触とのギャップが激しく、否応なく直樹にいま誰が自分の感覚を支配しているのかを教え込む。

「う、わ」

ジーンズのフロントが開かれ、直に触れられると、違和感と快感が同時に押し寄せて、直樹は混乱した。

女の子のようにちいさくもやわらかくもない、自分の手よりもっと大きくて、けれど繊細な印象の指が、濡れはじめた直樹をゆっくりとあやしている。目をつぶっていても誤魔化しきれない、男——同性の執行に「されている」事実は、奇妙に直樹を刺激した。

「あ、ン」

自分でもぎょっとするような甘ったれた声が、勝手に喉をついて出る。執行の指にどうしようもなく高ぶっている自分が浅ましくて、情けなくも恥ずかしかったけれど、思わずしがみついた肩のたくましさに安堵を覚えてしまう。

「いや？　それとも怖い？」

下肢を包むのとは反対の手で、直樹の額に貼りついた髪をそっと払いながら執行が問いかけてくる。

静かな声音にからかいのようなものはなく、焦りもなく、ただいつものようにやんわりとした彼らしい気遣いが滲んでいた。余裕が悔しくもあったけれど、それ以上に。

（……ああ、執行さんだ）

執行が側にいて、じっと自分を見つめて、宥めるような声をかけてくれている。たったそれだけのことに直樹は安心してしまう自分を知った。

「うん？」

薄目を開けてようやく彼の顔を見つめれば、切れ長の瞳がやさしくなごんだ。指先の淫らさからは想像もつかない穏やかな笑みに、見とれた直樹の背骨は、情けなくふにゃりと砕けた。

皮膚感覚で受け止めていた愛撫が、一気に剝き出しの神経になだれ込み、執行の手の中で更に激しく脈を刻む。

「し……っ、い、あぁっんっ！」

それは急激で、直樹にも執行にも止めようがなかった。ただ名前を呼ぼうと口を開いた瞬間、発情期の猫が媚びるような声を出して、直樹は執行の指を汚してしまっていた。

「う」

肩で息をしながら、目の回るような感覚と、いくらなんでも早過ぎるという羞恥にいたたまれなくなっている直樹の耳に、含み笑った声が聞こえた。

「若いね」

「……やなかんじっ！」

わざわざ口にすることもないだろうにとにらみつければ、執行の笑いはいっそう深くなった。身の置き所がなくうつむけば、自分の放ったものに汚れた指が視界に入り、耳の先まで熱くなった。

「ひゃっ」

その熱くなった耳をそっとかじられて、上擦った声が洩れてしまう。かわいい、と笑われて思わず、オヤジみたいなこと言わないでくれと訴えると、また笑われた。

「オジサンですから」

さらりと切り返してくる執行に、もはや言葉もなく脱力すると、肩を抱かれて濡れたものにまた指を這わされた。

言葉もなく、この先をどうするのか訊ねられ、いまさらだとそっと唇を寄せると、しっとりとしたキスに舌を捕らわれる。

「う……ん」

おさまりかけた呼吸がまた忙しく弾み、ゆっくりと覆い被さってくる執行の背中を抱きしめた、そのとき。

甘ったるく淫蕩な空気を裂くように、電話が鳴った。

「……」

水を差されたような気分でしばらく見つめ合ったあと、しかたなく、といった風情で嘆息し、執行は立ちあがる。

「はい、執行です……ええ」

あらためて自分の格好を省《かえり》みれば、襟の辺りまでたくしあげられ、よれたセーターに、微妙にずり下がったジーンズという状態で、ソファの上でひとり待たされるにはあまりにしどけない。

「いやこちらこそお世話に、ええ、……えっ？」

気まずさを感じつつもぞもぞと着衣の乱れを直していると、子機に向かって受け答えしていた執行の声が上擦り、反射的にこちらを振り返った。

（なに？）

目線だけで問うと、しかし彼は気まずそうにまた直樹から視線を外し、背を向けてしまった。

「いま買い物に……はい、わかりました……いえ、結構です。伝えておきますから」

（……俺？）

具体的な言葉はなにひとつ聞かされはしなかったが、なんとはなしの勘で自分のことが話題にあがっているようだと気づき、直樹は身を乗り出すようにして広い背中を窺った。

その背中には、直樹の摑みしめたシャツの皺がいまだ生々しく残っているのに、なぜだか拒絶の気配が色濃い。

「ええ、では……はい、失礼します」

なぜ、と思う間もなく通話は終了し、肩で息をするようにして執行は子機を戻した。

「執行さん？」

なにがあった、と問うことも躊躇《ためら》うような硬い背中に声をかけると、執行はまた大きく息を吐いて、背中越しに言った。

「ゲームオーバーだ」

「え？」

どういう意味だと眉を寄せると、ゆっくりと彼は振り返った。その頬には薄笑みが浮かんでいたけれど、同時にひどく苦いものも滲ませている。

「見つかったそうだよ、きみの落としたものが」

「え……？」

呆然と目を見開く直樹に、執行は口早に電話の内容を告げる。

「親御さんからだった。警察から落としものとして届けがあったそうだ。……事情を聞きたいから、すぐに連絡をよこすようにって」

ぽかん、と直樹は口を開けてしまい、しばらく声さえも出なかった。

いまさら、というのが正直な感想で、それから待っているだろう親の小言に面倒さを感じる。

そして、なんだか足枷《あしかせ》が外れたような奇妙な解放感に見舞われると同時に、じっとたたずむまま一向にこちらへ近寄ろうとしない執行に気がついた。

直樹としては、これで奇妙な取引は終わりにして、一から執行とのことを対等にはじめられるという、安堵に似た感覚を覚えたのだけれど、目の前の男はどうやらまったく反対の気持ちでいるらしい。

（ゲームオーバー……だ？）

いい加減恥ずかしいことも言わされて、ようやくその気にさせた彼が、またもや逃げ腰になっているのを感じ取り、むかむかと腹が立ってきた。

ばん！　とテーブルに拳《こぶし》を叩きつけ、直樹は立ちあがる。

逆上して怒鳴り散らそうにも腹が立つやら哀しいやらで、言葉が見つからなかった。にらみつけた先の男の、あきらめたような眼差しをもう見ていたくなくて、唇を嚙みしめたまま、パソコンデスクの脇にあったジャケットをひっ摑み、大股にリビングを横切る。

執行の側を通り過ぎようとして足を止め、押し殺した声で直樹は告げた。

「今日は帰ります」

「うん」

うん、じゃねえだろ！　と怒鳴ってやりたいのを堪えて、上背のある男の襟元を摑みしめ、強引に唇を奪った。

「なおっ……！」

「オーバーじゃない、コンティニューだ、間違えないでください！」

慌てて身体を離した男を怒鳴りつけ、あとはもう振り返らずに走り出す。強烈な音を立ててドアを閉め、それでも飽きたらずに振り向きざま、頑丈なドアを蹴りつけて叫んだ。

「執行のアホ！……あきらめねえからな！」

やるせなくて、馬鹿馬鹿しくて涙が出そうだった。

そして、なにごとかと物見高い隣人達が顔を出す前に、今度は本当に駆け出して、その場から立ち去ったのだった。


家に帰り着くと、案の定待ちかまえていた母親に「いったいどういうことだ」と詰め寄られた。

しかたなく、援助交際の下りは省いて、金を落とし、執行に金を借りたのだと打ち明けると、散々に小言を言われたあげく「他人さまに迷惑をかけるとはなにごとだ」とどやしつけられた。

ひとくさり怒りが頭上を通り過ぎるのを待って、いまごろになってなぜ届け物がと逆に問えば、拾い主はすぐに交番に届けてくれたそうなのだが、それを受け取った警察官がその日の調書を作成する前に間抜けなことに交通事故に遭い、うっかりと引き継ぎをしないまま一週間ほど入院する羽目になっていたのだという。

また、現金の入った封筒そのものは交番金庫の中にしまわれていたのだが、表書きもなにもない封筒だったため、上から載せられた書類に紛れ、気づくのが遅れてしまったと平謝りしていたそうだ。

「ほんとに、冗談じゃないわよ、だから公務員って嫌いなのよ」

外聞の悪いミスであるため、どうか口外しないでくれと家まで頭を下げに来たと、気のおさまらない母親はぷりぷりと怒りながら、それでもその警察官がお詫びにと持ってきた、手みやげのわらびもちをつついていた。

力の抜ける顚末《てんまつ》を、頭の中がそれどころではない直樹は上の空で聞いていた。間抜け極まりない警察官に少々恨みがましい気持ちも沸いたけれど、元はといえば落とした自分の不注意なのだ。

ただ、ともかくもタイミングは最悪だった。報告をくれるならば、もっと早く、例えば執行との仲がここまでややこしくなる前か——そうでなければ、いっそもっとのっぴきならなくなってからにして欲しかった。

(また、半端なまんまになっちゃったじゃん)

とりあえずお父さんには内緒にしとくから、二度とないように気をつけろとの締めくくりで、長い説教から解放される。

「それじゃ、お風呂入っちゃいなさい、もうすぐお父さん帰ってくるから、早くね」

「はーいー」

よれよれになった直樹はくたびれた身体を引きずり、言われたとおりに風呂場へと向かう。服を脱ぎ捨てたところで、鏡に映った自分の身体をまじまじと見て、そのどこにも執行の痕跡が残っていないことに落胆を覚えた。

直に触れたのは、指先と、あからさまな欲望を示した部分だけ。直樹自身は、執行の肌にも触れられなかった。

もっと深くて濃い快感を教えて欲しかった。身体を繋《つな》げることも、求めてくれたらきっと応えられたのに。

「根性なし」

呟いた言葉に力はなく、鏡の中の自分は拗《す》ねたような、泣き出す前の子供のような頼りない表情を浮かべていた。

湯船に身体を浸して手足を伸ばすと、変な体勢で緊張を強いられた脚の付け根が少し強ばっていた。気づいてしまえばひどく癪《しゃく》で、いらいらと湯の表面を手のひらで払う。

大体どうしてああも執行は弱気なのだ。仕かけるだけはするくせに、いざとなるとふいと逃げて、あっさり直樹を手放してしまう。

(俺のこと好きなんじゃないの？　違うの？　そんなふうに簡単に、あきらめられる程度のもんなわけ？)

引き際がいいのが大人なんだろうか。恋愛の必死さが薄まってしまうことをスマートと言うのも、なにか違う気がするのだ。

「なにこだわってんだよ、あのひと」

腑に落ちなくて、髪を洗いながら、ぶつぶつと独り言を零してしまう。

「執行さんのバカ」

ゲイじゃないからなんだっていうのだろう。執行の指に感じた時点で、とっくに直樹も同罪なのだ。カッコつけて粋がるしか能のない、バカなガキが、結構必死で追いかけて見せたのに、そこで振り落とすことのほうがひどいと、どうして思えないんだろう。

「サイテーだよな、あのひと、考えてみると」

包み込むみたいに抱きしめて、甘ったるいキスまで教えて、その気にさせといて放り出された。

触られて感じて、あっという間に終わってしまって、翻弄される自分の姿にあのひとはなにを思ったんだろう。

「早すぎて、呆《あき》れたとか」

そりゃあんまりだわ、と乾いた笑いを漏らして、いささか情けなかった自分の姿を忘れることにする。

もう一度湯船につかり、膝を抱える。子供のように顎を乗せて、あーあ、と直樹は吐息した。濡れたままの髪から雫が落ちて、頬を濡らしていく。

「ゲームオーバーじゃ、ねえっつの」

少し塩辛い気がするのは、気のせいだと、目を閉じて浴槽に頭を預けた。

「ひとのこと混乱させといて、勝手に」

終わりには、させてやらない。だからまだ、泣いてるわけじゃない。

胸の中でひとりごち、直樹は熱を持った瞼を両手で覆った。

＊　＊　＊

絵に描いたような春の昼下がり、暖かな陽気とよく晴れた空の下のオープンカフェは、のんびりとお茶を楽しむ人々で賑わっている。

「あのさあ」

主に目立つのはカップルの姿で、シチュエーションと互いの姿に酔いしれた彼らは、それこそこの世の春を謳歌しているように見える。

「すんごいうっとおしいんだけど」

その中で、思わず眉を吊りあげる羽目になっている日原《ひはら》美帆は、端から見れば自分たちもカップルに見えるのかしらんと考えて、それは無理ねとため息をついた。

「話あるんだったらさっさと切り出せばー？　直樹」

目の前に座り、周りの幸せそうな人々と対照的に、ひとり暗雲立ちこめている青年を、美帆は呆れたように白い目で眺めやる。

そして、またもや朝っぱらから呼びだしの電話をかけて来た男がようやく口にした台詞に、ものすごくいやな顔をしてしまった。

「執行さんに、避けられてる」

「……はいぃ？」

またその話かい、と眉間に皺を寄せながらも、実際には直樹から電話があった時点で予測していたことではあったと思い直し、美帆は吐息混じりに「続けろ」と促した。


捨て台詞を吐いて執行のマンションを去ったその夜、うだうだと考えながら風呂からあがった直樹に、母親はこう告げた。

「さっき執行さんに電話したのよ。お世話になりましたって。そしたら、なんだか明日から急に家を空けることになったんで、しばらくバイトはお休みですって」

避けられた。直感的にそう感じながらも、胸を喘がせて母親に訊ねてみる。

「なんの用事だって？」

血の気が引いて、問い返す声が固くなっていることに、母親は気づかないようだった。

「ご親戚の法事だとか、言ってたけど……戻ってきたらこちらから連絡しますって言ってたから、長くかかるんじゃないの？」

そう、とだけ言って階段を上ろうとした直樹に、「今度ちゃんとお礼するから、あんたもご挨拶しなさいよ！」と母の声が追いかけてくる。

いい加減に返事をしながら部屋に入るなり、このところ八つ当たりの道具となっている枕を思い切り殴りつけた。

「親戚の法事、だあ？」

慕っていた叔母の葬式にさえ、最後までまともに参列することのできないようなあのひとが、そんなものに顔を出せるわけもない。

言い訳だと、直樹に知らしめるためにわざわざ母親に伝言したのに違いなかった。

「なんでそういう……っ！」

もっとそれらしい理由をあげてくれるなら、まだしもここまで腹を立てずにすんだのにと、殴りつけた枕に顔を埋めて直樹はうめいた。

（そんなに、迷惑なのかよ……！）

入浴中、必死に堪えていたものがあふれてきそうで、息が苦しくなるほどに強く、枕に顔を押し当てる。

もう、怒る気力さえも失って、ただ胸苦しい思いだけが身体を取り巻いていく。

「疲れた」

たった一日の間に起きた出来事の、あまりの目まぐるしさに、もう考えることを放棄しようと思った。

それなのに、思い浮かべるのは執行のことばかりで、腹が立つのか、哀しいのか、恋しいのか、ますます訳がわからなくなってくる。

混乱しきった頭で、結局またろくに眠れないまま、朝方近くなってほんのすこしうとうとしながらも、ひどい寂しさに見舞われた。

そして、どうしても誰かに話したくてたまらず、迷惑がられるのも承知でまた、美帆に電話をかけたのだ。


「口説《くど》けば？」

あっさりと言われて、直樹は目を丸くしたまま瞬きを繰り返した。

一連の出来事を話し終わるか否かと言ったところで、相づちも挟まず聞いていた彼女から間髪を容《い》れず発せられたのは、実に端的な言葉だった。

「別に向こうの出方を待たなきゃいけない法はないでしょ？」

恋愛に正攻法はないわよ、と、少女から女へとすっかり脱皮した友人は笑った。

「これって恋愛なのかな？」

執行にこだわっているくせにいまひとつ踏み切れない気分を引きずるのも事実で、直樹はつい情けない声で問いかける。

なにしろ男に生まれてこのかた、ずっとおのれを女がすきなヘテロセクシャルだと信じてきたのだから、どうしてもぐずぐず言いたい気分になるのはしかたないではないか。そんな直樹を見切っているかのように、美帆は「なにいまさら」と切って落とした。

「そうでなきゃあなんだって言うの？　相手のことが気になって、避けられて落ち込んで、女友達に愚痴《ぐち》言って……充分恋するオトメのパターンじゃないのよ」

「オトメってなあ」

むっとした顔の直樹に反論を許さず、美帆は畳みかけるように言葉を続けた。

「まあ恋愛の定義なんかこの場合どうでもいいわよ。要は逃げられてむかついてるんでしょ？　だったら執行さんのこと最終的にものにすりゃ、それでおっけーなんじゃん？　男捕まえんのはね、所詮《しょせん》は気合いよ。根性据えてるやつが勝つのよ」

きっぱりと言い切る美帆が、直樹と別れてからどれだけの場数を踏んだものかは計りかねた。

「美帆」

「なに」

だが、元来女とはそうしてたくましいものかも知れないと感服した直樹は、いっそ惚れ惚れとした眼差しで昔つきあっていた女を見つめてしまった。

「おまえかっこいいわ」

「さんきゅう。でも惚れるなよ」

しみじみと言った直樹に、片眉をあげた芝居がかった表情で美帆は笑ってみせる。

「でも、避けられてるのにどうやって」

女々しく言った直樹に、「そんなこと知るもんですか」と美帆は鼻で笑う。

「要は直樹がどうしたいかじゃないの？　あとは自分で考えなよ」

そう言って欲しかったんだろうと、しかたなさげに嘆息した美帆は苦笑に似た表情を浮かべる。

「言ったでしょ、いつかそうなるかもって思ってたって。アンタの執行さん熱、普通じゃないもの。なんか、なるべくしてって感じだな、あたしはそう思う」

その笑みが「しかたないやつ」とでも言いたげな暖かさを含んでいて、目の前の女友達に振ってしまった今の役割を、申し訳なくなった。

多分自分はひとりで思い切るほどには根性がなくて、誰かに背中を押して欲しかったのだ。

「あのさ、美帆」

先日の会話で、男友達には話せないからだろうと美帆は憤っていたけれど、多分それがすべてではなかった。ひねくれた物言いをたまにするけれど、それでも気っぷのいい、やさしくしっかりした美帆に、彼女だからこそ頼りたかったのだ。

呼びかけに、目顔で「なに？」と答えた美帆にそう告げようかと思ったけれど、結局は口には出さなかった。

替わりに、直樹は一言だけ、笑いを混ぜた声音で言った。

「いい女になったよな」

「さんきゅ」

あっさりと笑って返され、直樹はなんだか本当にやっと、美帆とあらためて「友達」になれた気がした。

留守番電話の機械的な女性の声が流れてきて、予測はしていただけにため息をつくのはやめようと直樹は通話を切る。

美帆と別れた後、携帯からかけた電話は当然ながら不通に終わったが、執行のマンションのナンバーを短縮の一番に入れている自分に気づいて苦笑した。

彼のところにバイトに行くようになって、少し浮いたバイト料で購入したものから幾つか機種は変えたけれど、それでもいつも執行は直樹の一番だったのだ。当時、美帆とつきあいはじめたばっかりだったのにと、そう考えておかしくなる。

「行ってみっか」

ここから彼のマンションまでは私鉄に乗り換えて三駅だ。無駄足でもいい、訪ねてみよう。すこし不安な胸の内を奮い立たせるように、自分に言い聞かせて歩きはじめる。

（執行さん、わかってないよ。逃げたら追うのが男の本能ってもんでしょ？）

それとも執行の対応が、すべて計算ずくなら大したものだけれど。そう思うと、複雑な笑みが片頬に浮かんでしまう。

もう執行とは何年ものつきあいだというのに、ここ数日で単なる「男」としての執行について、あまりに知らなかったのだと痛感した。

キスがうまくてエッチな指をしている。

頭が良くて、そのくせにバランスが悪くて、気が伏せれば子供の肩を借りて泣いてしまうくらい脆《もろ》いくせに、意固地になっているように、直樹を受け入れまいとしている。

ずるくて臆病で、それもやさしさと紙一重で、だからいっそ嫌いになりたいのにそれができなかった。

――相手のことが気になって、避けられて落ち込んで、女友達に愚痴言って……充分恋するオトメのパターン。

執行の家に近づくにつれすこしずつ気分が高揚してくるのがわかって、美帆に指摘された言葉が甦り、直樹の笑みはますます深くなる。

駅を出て、三つ目の角を曲がって、勾配のすこしきつい坂を上る。夕映えに染まったきれいな街並みは住人達もどこかハイソな匂いがして、映画の中のシーンのようで、この眺めが直樹はとても好きだった。

執行の街は彼にとてもよく似合いの美しい情景を持っていて、徐々に近づく高いマンションの姿に、この場所をはじめて訪ねたときのようにどきどきした。

違うのは、そこに甘い痛みが混ぜ込まれていることだろう。ちくりと肌が疼《うず》いて、指の先まで痺れるようで、胸を切なく騒がせる。

エレベーターで最上階まで昇り、一番奥の角部屋の前で立ち止まる。習慣でうっかりと暗証番号を打ち込みそうになって、手を止めた。

乗り込んでいくのではなく、執行にここを開けてもらわなければ意味がないのだと、ふとそう思ったからだ。

いずれにしろ彼は本当に不在のようだった。ドア脇にある電気のメーターがろくに動かないことで直樹はそれを知った。あの寒がりで不経済な男が、暖房もつけずにこの部屋に居るとは思いがたい。

「どこいっちまったかな」

直樹は執行の交友関係など勿論《もちろん》まったく把握していない。せいぜいが担当編集の連絡先が関の山だ。結構長い時間をともにしていたつもりでも、実はプライベートな部分を垣間見ることが少なかったのだと気づいて、すこしばかり落胆する。

それでも、執行と自分の間には他人の介在することない、密な関係があったことを信じたいと思うのだ。

「さてと」

無駄足と知っていて、ここまで来たからには引っ込むわけにも行かないだろう。あきらめのような居直りのような、そんな気持ちで軽く息をついて、待ってみようかと直樹は思った。

今日帰ってくる保証はないけれど、それでもいい。

コンクリートの冷たい通路に腰をおろし、MDをセットした。流れてきた音楽はこれも執行に勧められたもので、まったくあの男はどれほど自分を浸食する気だろうかと思いながら、些細なことにまで執行に影響されている自分をあらためて知る。

手の内で踊らされているような気にもなるけれど、いまはそれでもいい。

部屋の扉だけでなく、執行の中を開く権利が欲しくなった。暴かれるばかりではつまらない、あの日知ることのできなかった肌の熱も、たしかに知りたいと思っているのだから。

今度抱き合ったら、あの白いシャツを引きちぎってでも脱がせてやりたい。

物騒に笑って、組んだ両腕の輪の中に直樹は顔を落とした。

案の定その日終電がなくなるまで粘ってみても、執行の帰ってくる様子はなかった。コンクリートの通路に半日座り込んでいたせいですっかり腰も冷え切り、たまに通る住人の顔は怪訝《けげん》そうに顰《しか》められていたけれど、それもさしたることではない。

なりふり構っていては、きっとあの男は捕まえることなどできないのだから。

「あ、でもちょっと腰イタイかな」

ちいさめの尻をさすりながら、のろのろと立ちあがる。こうなったら持久戦に持ち込む構えの直樹に、あの逃げ腰男はどこまで突っ張れるだろうか。

「俺は根性据えたからな」

美帆の受け売りを口に出して、すっかり暗くなった空を眺めながら、直樹は駅への道を歩いていった。

＊　＊　＊

久しぶりに見た男の顔は、なんとも言えない情けない表情に歪《ゆが》んでいて、直樹は思わず笑み崩れた。

「おっかえりなさーい」

執行の家の前で粘ること、三日目の午後を回った頃だった。これは早かったのか遅かったのか。

ともあれ、いまだ通路に座り込んだままの直樹の前に、執行は現れた。

それは偶然でも、成り行きでもなく、直樹のアクションが招いた結果だった。

自分のいささか突飛な、ちっともスマートでない行動は、果たしてこの男を天《あま》の磐戸《いわと》から引きずり出すことに成功したようだ。

ばつの悪いのはこの場合直樹の筈なのに、まるで衒《てら》いない直樹の表情に、執行はどうしていいやらわからないものであるらしい。

走ってでも来たのだろうか、僅かに息を切らせて、なめらかな白い額にうっすらと汗さえかいている。

対して直樹はといえば座り込みにもすっかり慣れ、のんびりと缶コーヒーなどすすっている。時間つぶしのために文庫本とゲーム機まで持参しているのを見て取り、執行はますます複雑な顔になった。

「家の前に、不審な男がずっと居るって管理人から連絡があって」

呆然とした声は、それでも甘い響きがある。

「まさかと思って……だって直樹くん、……なんで？」

中に入っていればいいだろうにと、咎《とが》めるよりはむしろ呆れ果てたような、気の抜けた声で呟く執行に、埃を払いながら立ちあがった直樹は飄々《ひょうひょう》と言った。

「それじゃ意味ないっすもん」

「意味って」

まあこっちのこと、と直樹は笑ってみせる。

困惑している執行に比べ、すっかり落ちついてしまっている自分に呆れるような感心するような気分になったが、それも当たり前のことだろう。

なにしろこの数日、考える時間は山ほどあったのだ。頭を冷やすにも十二分な吹きっさらしのマンションの通路で、伊達や酔狂で粘っていたわけではない。

振り仰ぎ、しげしげと頭ひとつ高い位置にある端整な顔を眺めた。気弱げに寄せられた眉にも眇《すが》めた瞳にも、肩書きや体裁を取り払った情けなさが滲んで、お世辞にもかっこいいとは言い難い。

それでも、憧れよりもなお生々しい感情がこみあげてくるのを感じ取り、ああ、本気なんだなと直樹は思った。

「部屋、入れてください」

「え」

(俺があがり込むんじゃ意味ないんです。執行さんがそこ、開けてください)

言葉にはしないまま、細い顎をしゃくり、数日の間見つめ続けたドアを示す。

挑むように瞳をきらめかせ、直樹は執行の反応を待った。臆したかのように僅かに顎を引いた男は、やがてその広い肩を力なく落とし、ゆっくりと深く息をつく。

「きみは……どうして」

そしてうっすらと苦い笑みを片頬に貼り付かせ、そこでようやく直樹の顔をまっすぐに見つめ返す。黒目がちの瞳にはまだ迷いがあったけれど、それを隠すように執行はまた目線を逸らした。

「どうぞ、入って。留守にしてたから、片づいてないけど」

そして、執行の手によって開かれたドアへと、直樹は足を踏み入れたのだった。


久しぶりの部屋にあがり込むなり、つい習慣で窓を開け、コーヒーサーバーをセットしてしまった自分に気づいたが、特に執行が咎めもしないのでよしとすることにした。

「どうぞ?」

「あ、ああ」

落ちつき払った直樹と対照的に、どこか気圧されたように怯んだままの執行は自分の家だというのにくつろぐこともできず、所在なく立ちすくんだままだった。

困った表情の男を後目《しりめ》に、直樹はソファの定位置にすとんと腰をおろし、手ずから入れたコーヒーをゆっくりとすすりこむ。

「やっぱしマンションはあったかいっすね」

その言葉に、執行は困った顔で伏し目になる。

暖房の熱もまだ回りきっていないのにほんのりと部屋が暖かく、階下からの熱気によるものだろうと思っての何気ない発言だったが、吹きさらしの中座り込んでいた直樹を見つけてしまった執行としては、いたたまれないものがあったのだろう。

「あ、なんか気にしました？」

苦笑して見せながら、執行さんも座ってくださいと直樹は言った。

「あ、うん」

これではいったいどちらが客か主かわからないと思いつつ、存外素直に執行も言われたとおりにする。

向かい合わせに腰かけて見つめた困惑しきった端整な表情には、溜飲《りゅういん》が下がるとまでは言わないが、ここ数日の苛立ちや悩みや、待ち続けた時間の長さに覚えたつらさなどを思えば、これくらい当然の報いだとは思う。

自分ばかりが振り回されるのは、癪なのだ。

「え……と、いったいいつからあそこに？」

間の持たない沈黙に痺れを切らしたのは執行のほうだった。観念したように口を開くさまを、カップから立ち上るコーヒーの湯気の向こうに見つめながら直樹も答えた。

「三日前からですかね」

端的な台詞に、そんなに、と執行はうめくように呟いた後、大きな手で口元を覆ってまた黙り込んでしまう。

「管理人さんから連絡あったのって今日ですか？」

「うん、朝にね……若い男の子だって聞いて、まさかとは思ったけど」

頷《うなず》かれ、迷惑をかけたのは謝りますと直樹は頭を下げる。

自分の取った行動がいかに非常識なものか、直樹も知らなかった訳ではない。幾人かのマンションの住人達に怪訝な目で見られながら、まったく平気だったわけでも勿論なかった。

「でも、ああでもしなきゃ執行さん、会ってくれなかったでしょ」

図星を指され、執行は黙ってカップに口を付ける。

沈黙に逃げた男に、直樹は「知ってますか」と強い目線で問いかけた。

「もう、今日で、期限切れなんですよ、どっちにしろ」

なにのとは言わなくとも、その言葉の意味するところは執行には充分に伝わるはずだ。

「そうだね」

苦しげな吐息混じりの声が、肯定を告げる。口元にうっすらと浮かんだ笑みが彼の諦念《ていねん》を表しているようで、密かに直樹は苛立った。

そして、これだけは訊《き》きたいと、直樹は口を開く。

「あのまま続けてったところで、今日を境にきっぱりするつもりだったわけですか？」

単刀直入なそれに、長い逡巡《しゅんじゅん》のあとようやく執行は口を開いた。

「最初はね」

ふ、と短い息をつき、執行はカップをおろした。

「あんなコトするつもりもなかったし、直樹くんにふられてしまおうと思ってたんだ」

執行の言う「あんなコト」には当然直樹も覚えがあり、血の上りそうな頭をどうにか誤魔化して、話を続ける執行を見据えた。

「それできみが、こういう性的指向に偏見の少ない子なら、その……せめて学生の間はバイトに来てもらえればいいと思ってた。……どうにか」

言葉を切り、執行は苦しそうな息を零しながら歪んだ笑いを浮かべる。

「きみとどうにかなるなんて……思ってもみなかったんだ」

あきらめきったようなその表情が癇《かん》に障り、直樹はまた目の色を変える。

「どうして」

「わからない？」

「知りませんしわかりません、俺は執行さんじゃないもんで」

喧嘩を売るような口調だったが、きっぱりした直樹の答えに執行は気分を害するでもなく、むしろ楽しそうに笑った。

その笑顔はやはりとてもきれいであったけれど、直樹にはどこかいびつな感じに見えた。

「好きなひとに、好かれたことがなかったからね」

さらりとした声だけれど、その中にあるあまりに哀しい気配に直樹は眉を寄せた。

「一度も？」

思春期の少女のような台詞が執行の口から出たことに対して、あまりの違和感の無さに却って面食らう気分になる。

「誰にも。……そのくせ、どうでもいいひとにはとても好かれたけど」

あっさりと言ってのける口調に、執行の繰り返してきた懊悩《おうのう》の深さを知った。

甘えた戯れ言をいい年の男が、と切って捨てるには執行の瞳はあまりに暗かったし、彼のナイーブさは先日見せつけられたばかりだ。それを嘲《あざけ》るような気持ちには、とてもなれはしなかった。

「嫌われはしないんだけれど、一番欲しいものはいつも近くにあって、絶対に手に入らないことが多くて」

執行のノーブルな見た目や雰囲気や、そんなものに惹かれる人間は多い。

彼が愛される側の人間であるのはたしかなことなのに、その内側を知れば知るほど、寂《せき》寥《りょう》や孤独といったものを人一倍抱えている男の姿が見えてくる。

「だからぼくの恋は、いつも最後にすっきりあきらめて終われるように、いつの間にか自分で仕向けるのが癖になってた。これは違う、これは勘違いだって、ずっと言い聞かせて、自分で」

　肩で息をするように、執行はゆっくりとうなだれる。

「そこから抜け出せないんだ……自分で自分の気持ちを、最初に否定してしまってから、どれが本当なのか、見えなくなって」

　いびつな執行は、そして笑いながら、ひどく寂しいことを言った。

「そのうちに気持ちが薄くなるから……いつもそれを待ってた」

　直樹は半ば呆然と、しょげた男の繰り言を黙って訊いていた。

　ゲイであることで、おそらくは相当に悲しい思いも、いやな思いもしたのだろうし、実際、親兄弟からは縁を切られている。その寄る辺《よるべ》なさ、寂しさを、否定はしないけれど。

（……考えかたが後ろ向きすぎる）

　同情していいのか呆れていいのかわからなくなるほど、彼は恵まれていて同時に不幸だった。

　この場合の不幸というのは、染み込んだペシミスティックな考えかたを指すだろう。根が前向きな直樹には、理解の範疇《はんちゅう》外だ。

「それで？　俺のこともその内忘れるつもりだった？」

　僅かに声が震えたのは、憤りと哀しみの綯《な》い交《ま》ぜになった心情のせいだった。執行は答えなかったけれど、その沈黙は明らかに肯定の色を滲ませていた。

「そんなの勝手すぎる……！」

「ごめん」

「謝ってくれなくていい！」

きりきりと眉を吊りあげた直樹はやるせなさを堪えて怒鳴った。

「執行さん俺のことちっとも考えてない……！　こんなふうに放り出されたってハイそうですかって納得なんかできないよっ」

情けなくて涙が出そうだ。

自分がどれほど執行を慕っていたのか、まったく理解してもいなかったのだろうか。なじるような気持ちでにらむと、言っただろうと執行は苦しげに呟いた。

「いまは気分が盛りあがってるかもしれないけど……絶対にあとできみを苦しめる」

「またこの間と同じ話になってる！　そんなんなってみないとわかんないだろ？」

好意と、恋と、近しくて遠いその感情を、取り違えたりできない。

「俺言ったじゃない、執行さんが後悔させないでくれればいいって……！」

思い違えたのではなく、眠っていた感情が呼び覚まされたのだと、どうしてそんなふうに思ってくれないのか。そう言いかけたとき、執行がうめくような声で叫んだ。

「そんな自信ないんだ！」

そんな台詞は、きっぱりと言い切ることではなかろうに。

「――あああっ、もう！」

どうにもこうにも後ろ向きな男に引きずられていれば、このループからは抜け出せない。

執行のあまりの情けなさに、ついに直樹は切れる。

「だったら俺で自信つけろ！　これから！」

結構な声量のそれに、同じほどの怒声を返し、目を見開いた執行に直樹は身を乗り出して迫った。

「蒸し返すのはもういいから！　俺のこと好きかどうかだけ聞かせなさい、あんたは！」

「な、直樹くん……？」

「くんいらない、直樹！」

「でも」

「な・お・き！」

にらみつける直樹に気圧されたまま、執行は「はい」と力ない声で返事をした。

そして、やりこめたはいいがこれでは口説くより喧嘩を売っているのだと気づき、直樹はしきり直すようにちいさく咳払いをする。

「大体俺、愚痴聞きに来たんでも、謝ってもらいに来たんでもないですから」

いままで散々ため口で怒鳴りつけてきたくせに、わざとらしい丁寧語で、直樹は執行を搦め捕る。

目まぐるしい展開について来れないように目を丸くする男に「リアクション悪いなあ」と舌打ちした。

「そこで『じゃあなにしに来たんだ』って訊いてくれなきゃあ」

「あ……えと、じゃあ、なにしに？」

おずおずとした様子で窺ってくる執行に、良くできましたと言わんばかりに直樹はにやりとする。

「執行さん口説いて、まああわよくばセックスの一発もやれりゃいいかと思って来ました」

出てきた言葉は、凶悪に過ぎたけれど。

「セ、……！……な、直樹くん？」

「くんはいりませんて」

そんなことは気にならないくらいに凶悪なキスを執行に贈ることで、取り消してしまえと彼の襟首を強引に摑んだ。


「俺のこと好きですか」

たっぷり三分は執行の唇を味わって、潤みを帯びた目で直樹は囁いた。

途中から乗ってしまった自分をわからないわけはない執行は、眉根を寄せたままあきらめたように頷く。

「俺も執行さん好き」

「だから、それは」

気配を察した執行が身じろぐのに、剣呑《けんのん》な目つきと荒げた声を浴びせてやった。

「うるさいな、これは俺の感情なんだからあんたにどうこう言われる筋合いないんだよ！」

「すみません」

完全に会話は直樹のペースで進んでいて、ここまで激した姿を見せたことはなかったことに気づき、それこそ勘違いだと言われるかも知れないと内心で苦笑する。

「大体、その辺で引っかかるような連中と俺と、いっしょにするのやめてくんない？」

執行が直樹の心変わりに引っかかっているのは、大方昔の経験からだろうと見当をつけての台詞だったが、思い切りそれは図星だったようだ。

「誰かに責められたりしたことでもあったの」

肩先を覆った強ばりは苦しそうな表情と相まって、哀れにさえ見える。

「ビンゴだね」

吐息すると、直樹はすっと立ちあがる。テーブルを回り込み、いまだ惑乱の中にいるような執行を眺めおろした。

かっこいい執行しか知らない訳じゃない。むしろ彼に関わったいままでの誰より、情けない姿を見てきたのは自分だ。

奇妙な自負を胸に、これで気持ちを疑われてはたまったものじゃないと直樹は憤懣《ふんまん》やるかたない。

「多分ここ三年、ほかの誰より俺はあんたの近くにいただろ？」

ソファの上、執行の脚の間に膝立ちになって、逃げられないようにその身体の両サイドに直樹は腕をついた。

「格好悪いとこ、いっぱい知ってる。寝穢《いぎたな》いしぼけてるし、俺がいなきゃスケジュールの管理もがたがたで、それでもきっちり仕事はして」

ばつが悪そうにうつむいた男の頬を両手ですくって、息が掛かりそうなほどの距離で黒目がちの瞳を覗き込む。

乱れた前髪の隙間から直樹を見あげる、潤んだような光を放つ瞳を、情けなく愛おしく感じて鼓動が跳ねた。

一瞬、ぬるく甘やかしてやりたいような情動がこみあげたけれど、それを隠して直樹は尚もあげつらねる。

「酔っぱらって泣いちゃったり、子供に手を出すの怖くなって逃げたり」

「逃げては」

ぼそぼそと反論する執行は、ひとにらみで黙らせた。

「こうしてみると、執行さんちっともかっこよくないよね」

「ごめん」

しょんぼりと肩を落としてしまわれて、なんだか可笑《おか》しくなってしまう。

「ごめん、じゃなくてさあ」

そして首筋にかけた手を引いて、形良い頭を胸に抱きしめた。あやすように髪を撫でると、腕の中の身体が硬直する。

「っていうか怒りなよ、年半分のガキにいいように言われてんだよ？」

腹は立たないの、そう訊ねると、無言のまま首を振られる。

「執行さんこそ、こんなふうに乱暴なガキはいやなんじゃないの？」

先ほどちらりとよぎった懸念を口にすると、そんなことはないと執行は言った。

「実はちょっと感動した」

「怒鳴られて？」

そうじゃなくて、とようやく執行は笑った。

そしておずおずと、腰に腕を回してくる。

「俺で自信つけろって、言ってくれただろう？」

あんなふうに誰も、自分を怒ってくれたことはなかったと、彼は呟くように言った。

素直にそんな言葉を呟く執行が不意にかわいく思えて、抱え込んだ頭を更に強く抱きしめる。

「俺、どきどきしてるよ」

「うん、……聞こえるね」

甘えるような仕種ですり寄ってくる。ふ、と彼の零した吐息が開いた襟から滑って、ひときわ高く鼓動が跳ねあがった。

「まったくかっこいいなあ、きみは」

苦笑混じりに呟いた執行に、「そっちがかっこ悪すぎるんだ」と直樹は混ぜ返した。

「結構暗いし、ぐだぐだするし、逃げるし……いいとこないっすね」

面目ない、とうなだれそうになる頭に、そっと直樹は唇を寄せた。

「でも、好きだし」

額や頬に唇を押し当てながら、だんだんと言葉に熱がこもっていくのを直樹は感じる。

「昔の彼女に嫉妬されるくらいには、俺、執行さん好きなんだから」

そして、引き締まった腰を挟み込むように、男の膝の上にぺたりと腰を落とした。

「直樹？」

「信じて」

そして、音を立てて軽く唇に触れる。幾度か啄《ついば》むようにすると、長い腕が背中をそっと撫でてくれる。

「男となんて経験ないし、年も急には取れないし……執行さん不安になるのわかるけど、……俺も、不安、……だけど」

「直樹」

徐々に深くなる口づけの合間、切れ切れに直樹は囁きかける。

「これから時間かけて証明するから……俺のこと信じて……？」

嘘のない、精一杯の言葉に、執行は少し瞳を潤ませていた。

そして、のぼせあがりそうなくらいきれいに、やさしい顔で笑ってくれた。

「うん。……わかった」

きつくかたく抱きしめてくる腕に応えるように、背中に腕を絡ませる。

ムキになったように互いの舌を搦め捕り、吸いあって、唇の中に生まれた官能は次第に腰の奥へとしたたり落ち、粘り着くような熱を生み出していく。

「んふ……っ」

口づけながら腰を捩《よじ》ると自然にそこを擂り合わせるような形になり、誤魔化しのない欲望を直に感じてしまう。

実際触れれば「引く」かもしれないという直樹自身への危惧は、ここであっさりとうち捨てられた。執行の荒くなった息づかいや下肢に感じる高ぶりで、いっそう興奮する自分を知ってしまった。

「する？」

「うん」

「抱いてもいい？」

たったいま確認したのにくどい、と言いかけ、二度目の問いが前とどこか違うニュアンスであることに気づき、直樹は戸惑うように瞬きをした。

（……あ、そっか）

同性である訳だから、役割が一方に振られているのでもないわけだと、そうして気づく。

「直樹？」

少し不安そうに答えを待つ執行に、いいですよ、と直樹は苦笑してみせる。

「俺、初心者で自信ないから……おまかせします」

同性同士で身体を繋ぐ方法を知らないほどうぶでもない。もとより、執行とのセックスではこうなるだろうと、なんとなくであるけれど予測はしていた。

というより、これだけ体格差のある相手にどうにも逆は思いつかなかっただけだが。

「痛かったら」

「やめるの？」

挑発するように、触れた部分を摺り合わせ、言外に無理なくせにと匂わせる。

困り顔を見せるかと思った執行だが、すっかり男の顔になって、艶めいた微笑を浮かべて見せた。

「やめないけど謝る」

強気な台詞に、それでも本気で直樹が泣きを入れたら、彼は引いてしまうのだろうなと思った。

「痛くしないように努力する、くらい言ってくださいよ」

わかっているけどと笑ってみせると、臆病で情けなくて、それでもやさしいひとの、ひどいくらい甘いキスが、ゆっくりと降りてきた。


「しぎょ……さ、あっ」

彼の膝にまたがったまま、広い背中や胸のそこかしこに手のひらを這わせた。

リードはまかせると言ったものの、ただ寝っ転がっているだけのセックスはしたこともなければ性にも合わない。

どうしたって狭いソファの上で、互いに同時に触れようとするせいで、ままならない動きに苛つきもした。

執行も直樹も一切自分のペースを崩そうとはせず、一見ひどく乱暴な所作で相手の感覚を引きずり出そうともがいていた。

直樹は思惑通りに執行のシャツをはぎ取るように奪い、考えていたよりも引き締まった身体にすこしだけ臆した気分になる。

一度触れあってしまえば、やさしく睦み合う余裕はなかった。

欲しくて欲しくて、こんなに焦がれていたのかと、呆れるような気分とともに自覚する。

「なんか、がっついてる」

互いに上半身をさらしたところで、あがった息のまま直樹はそう呟いた。

「うん、ごめん」

執行が苦笑混じりに言ったそれに、上気した頬を左右に振って否定する。

「違う、俺……っ、あ、あ……！」

耳を噛まれながらもう張りつめてしまった胸を触られて、声が上擦ってしまう。がくり、と背中が弾んで、ソファの上から落ちそうになる。

「危ないかな……ベッド行く？」

支えてくれた執行が窺うように言ってくるけれど、瞳はそこまで待てないと訴えている。

「ここでいい」

直樹もそれは同じで、首にかじりつくようにして肌を寄せた。

「ん、う」

せめてもと身体を倒され、横たわった上にのしかかられて、期待と恐ろしさに眩暈《めまい》がした。

見あげる態勢が執行の顔に逆光の影を作り、表情を硬く見せていることと、実際の体格差以上に大きく見えることにほんのすこし怯える。

「しぎょ……さん」

渇いた喉が嚥下《えんか》する音が、妙に大きく響いた。きっと泣きそうな顔でもしてしまったのだろう、執行は宥めるようにそっと身体を包んでくれる。

「大好きだ」

甘すぎる声で、囁いてくる。

「うん」

そのたった一言で、身体からくたくたと力が抜けていくのがわかる。

引き合うように唇が重なり、裸の背中に這わせた手のひらに力がこもる。尖らせた舌でそっと唇の際をなぞられて、受け入れるために力をゆるませた。

開ききらないそこに入り込んでくる暖かく濡れたものは、やわらかな唇をたわめながら入り込んで来る。ぞくりとくる感触に腰が揺れて、両足が反射的に執行のそれを挟むこむように絡んだ。

「ふっ」

ゆっくりとした動きで唇の中が舐められていく。煙草のせいでざらついた舌にくるりと撫でられると、苦しくて、そのくせに甘ったるい切なさがこみあげてたまらなくなった。

気づけば、執行の長い指はもう直樹の胸や、敏感な脇腹の辺りを探るようにさまよいはじめて、どんどん呼吸が乱れていくのに絡んだ舌を離してくれない。

「るし……っ」

息継ぎの合間に訴えても、聞き入れてはもらえない。腰に触れた執行の長い脚の存在も、甘い惑乱をいっそう深めるだけのものになった。

抗議のために、彼の長い後ろ髪を摑んで引くと「痛い」と言いながら笑っている。そうしてくすくすと笑いながら、耳元に唇を寄せてくる。

吐息だけの声で名を呼ばれて、皮膚の下がざわざわとさざめくような感覚に見舞われ、直樹はまた身じろいだ。

「な、に？」

そのままそっと耳をかじられて、全身を覆う愛撫と、それによって起こされる肌の火照りに思考が濁りはじめていく。

耳元から首筋、肩へと、いくつもの口づけを降らせながら、執行はまるで直樹の身体のラインをたしかめてでもいるようだった。

「ん」

時折に、触れられた箇所が敏感に反応する。喉声のあがるそれをひとつひとつ覚えられているのだと、快感を覚える感覚が徐々に狭まっていくことで気がついた。

狭くはないソファの上でも、細身だがさほど小柄でない直樹と、長身の執行が絡み合っては、逃げようとすれば床に落ちてしまう。しがみつかれてはなにもできないと、こういうことにばかり長けた男がしゃあしゃあと言ったので、しかたなく執行の動きを妨げないように肩に置いてある指先に、ひきつるような力がこもる。

手のひらに直に触れた執行の肌はなめらかだった。家に籠もっているので色は白いけれど、三十代の半ばとは思えないほど無駄のない肉付きをしていて、不摂生をしていても倒れることのないのはこのせいかと、熱に浮かされた頭でぼんやりと思う。

（……実は運動とかしてるのかな……？）

そう言えば知人にスポーツクラブのオーナーが居るとか居ないとか言っていたような、と以前交わした会話を思い浮かべるが、胸の辺りを舌で撫でる執行の動きにそれもままならなくなっていく。

「なに考えてるの？」

「んぁっ！」

不意に、敏感な隆起に歯を当てられて仰け反ってしまう。驚いて見あげれば、僅かに苦笑した執行が「余裕あるね」と、よそ事を考えていた直樹を見透かしたように言った。

「集中できない？……もっと手っ取り早く行く？」

言いながら、高ぶりはじめた脚の間へと手のひらを押しつけてくる。

「そ……じゃなく、て……あ、んんっ」

直接的な感覚を訴える場所に布越しとはいえ触れられて、呼気はひきつるように激しくなった。それでも許さず、押し当てた手のひらでじりじりとさすりながら、執行は問いつめてくる。

「じゃあなに考えてたの」

「しっ……待って、て……！」

（こーゆーときばっか強気になりやがって……っ）

先ほどからの変貌ぶりに腹立たしくもなるが、いまだジーンズに包まれた部分をしつこくいじられて、苦しいのと心地よさとの入り混じった感覚に、怒鳴ってやることもままならない。

「あ、も、脱ぐ……痛い……っ」

いらいらと自分でフロントに手をかけると、執行の指がそれを止める。どこまで意地悪をするつもりだと涙目になってにらむと、思いの外真剣な表情で覗き込まれた。

「執行さん……？」

どこか傷ついたような色のそれに、直樹は憤りも忘れて見入ってしまう。

「お願いだから」

硬い、けれど哀切を帯びた声で、執行は懇願するように言った。

「ほかのこと、考えないでくれ」

馬鹿馬鹿しいようなことを、ごく真面目に訴えかけられて、笑うよりもなんだか切なくなってしまう自分に直樹は気がついた。

「ばかだなあ」

欲望を露わにする行為の最中でも、執行の顔はノーブルで、少し眉根を寄せた表情はきれいに整っている。

「直樹……?」

くすくすと笑いだした直樹を見おろし、訝しげに眉を寄せた男を、差し伸べた腕できつく抱きしめた。

こんなにきれいな顔で、なにもかも直樹よりも優れていて、経験の数だっていままで触れた恋人の数だって、きっと年齢のそれ以上に開きがあるんだろうに。

「大丈夫」

不安そうに、すがるみたいな目で、自分だけを見ていてくれと請うなんて。

なんて、しかたのない。

「執行さんのこと考えてる、ちゃんと」

「ほんとに?」

子供みたいに聞き返されて、笑いはいっそう深くなる。

「ホントホント……あああ、まったく」

緊張して興奮してしかるべき場面なのに、すっかりリラックスしている自分を知って、直樹は参ったなと髪をかきあげた。

あらわになった額に、くすぐったいようなキスをされて、しきり直すように甘ったるく口づけた。

その間中も笑い続ける直樹に少し不服そうだった執行も、次第に余裕を取り戻してきたのか、硬かった表情がほぐれはじめる。

二人して笑んだ形の唇でキスを繰り返しながら、今度は協力しあって最後の衣服まで取り去った。

舌と唇と、指や、とにかく触れられるすべてで感覚を分け合って、笑い声がやがて響きを変え、呼気を多く含んだ喘ぎに変わる頃には、互いの肌は汗にまみれていた。

「ん……んあっ」

下肢の間に震えているものを執行の指にあやされながら、直樹も同じように彼のセックスにも触れた。はじめて触れる他人のそれは自分とはやはりすこし違って、それでもさほどに違和感もない。

「う……ん」

執行の愛撫はこまやかでやさしく、じりじりと直樹を追いあげてくる。

口づけながら、すこし前まで舌で転がされていた胸の上を指の腹で押しつぶされ、その度に腰が跳ねあがる。抱き合ったままの態勢で、直樹の腰が揺れる弾みに触れてしまう手の中のそれが同じほどに濡れて熱くなっているのがたまらなかった。

「あ、も、だめ、か、も……っ！」

それでもやはり経験の差か年齢ゆえか、根をあげるのは直樹のほうが早くて、喉を絞るような声をあげたあと、執行の手のひらが濡れてしまう。

「大丈夫？」

この間のように若いとからかいもせず、真摯な顔で執行は頰に唇を寄せてきた。

無言のまま目顔で頷き、執行の熱に触れる指は休めないまま空いた腕で首筋を引き寄せ、たった今頰に触れたそれをぺろりと舐めてやる。

「する、ん、……しょ？」

かすれて弾む声で囁きそして、いま触れている指が彼への愛撫だけでなく、自分に施される行為への準備だと知っていると、濡れた目で訴えた。

「すこし、待ってて」

どこまでも潔い直樹に、なぜだか執行は苦笑めいた表情を浮かべ、絡みついてくる腕をやんわりとほどく。

ぼんやりと頷いた直樹は広い肩から腰へと引き絞るような背中のラインに一瞬見とれ、彼がなにを探しに行ったのかに思い至って、さすがに気後れを感じて汗ばんだ腕で目元を覆った。

もしかすると一生知るはずもなかった「処女喪失」の瞬間への恐れが、まったく無いとは言い切れない。それでも、内心の恐怖を上回るいまのこの恍惚《こうこつ》とした感覚に、まともな思考が紡げないというのが実際のところだ。

「ふ」

まだ濡れたままの下肢は熱く火照って、一度の遂情では足りないと、身体中を走り抜ける血の流れが訴えている。この間のようにわけもわからず追いあげられたときとは違う、生ぬるくて、その分タチの悪い余韻が身体に満ちていた。

セックスの最中は正気に返ってはだめなのだ。理性を眠らせ、ただ感触とそれによって起こる感覚に没入し、ひたすらに到達の瞬間を追いかけなければ、官能など得られないことを直樹は知っている。

火照りの冷めない身体が気持ちよくてもどかしい。もっと激しい感覚が欲しかった。だから、執行に早く戻ってきて欲しい。この陶然とした時間に溺れているうちに、冷めてしまわないうちに、忘れきれない怯えを身体が思いださないうちに、早く、早く。

「直樹」

浅い息がおさまってしまう前に名を呼ばれ、どこかほっとしながら直樹は顔を覆っていた腕をおろした。

薄く汗ばんだ執行の顔には匂い立つような男の色気が滲み、ごくりとのどが鳴る。

待ち望んだそれがいまからなされるのだと、直樹の元に戻った執行が脚を開くように促した瞬間に感じ取る。

「力むと、痛いから」

すこしだけ苦い声で言った執行に、大丈夫と直樹は笑って見せた。

「どうせいま、ちから……はいんない」

そして、見た目の印象より強い腕に身体を裏返され、ソファの肘掛けにしがみつくように腰をあげさせられた。

取らされる態勢や見られていることに、まったく羞恥がないわけでもなかったが、官能への期待に赤く染まった頭ではそれを拒むことも思いつかなかった。

「んん」

宥めるように腹部を一度撫でた指が、身体の奥の、自分でさえろくに触れたこともない部分へと忍んでくる。

ぬるりとした感触に背中が震えて、硬い指先が意図を持って狭い部分を拓《ひら》こうとしていることに、おののきに似た感覚が走り抜ける。

「ひ、あ……っ」

「声出して……そのほうが苦しくない」

思わず上擦った声をあげると、執行はそろそろと空いた手で腹部を撫でてきた。微妙な感触に腰を捩ると、じりじりと頑ななそこが解《ほぐ》されていく。

(なに……これ)

「あ……あ、あ……っ！」

肌が粟《あわ》立って、けれどそれがすべて不快感からでないことに直樹は怯えた。いままでまったく知らなかった類《たぐい》の強烈な感覚に耐えかね、ソファに爪を立ててしがみつく。

「気持ち悪くない？」

直樹の反応を計りかねるように躊躇うような声が背後から問いかけてくるが、応えられる余裕などなかった。

(なにこれ……っ！)

冷たく濡れて、硬いようなやわらかいような執行の指先が蠢く度、びくびくと身体がひきつってしまう。一瞬で血の気が引き、またその後に発熱したように熱くなった。

「いあ、あ、やぁ……っ」

いじられてほぐれた入り口から、ほんのすこしだけ内部に指が入り込んでくる。そしてそれはすぐに引き抜かれ、何度も何度もしつこいくらいに繰り返される度に、内壁をかすするストロークが長くなっていく。

「あー……あ、あっ、あっ」

指に犯される。徐々に、けれどたしかに、その場所が執行のためのものに変えられていくのを、忍耐強い作業によって直樹は思い知らされた。

「し、ぎょお、さ……っ」

熱い肉が彼の指を食《は》んで、ぬめった音を立てはじめる。もう執行の長い指は、二つ目の関節まで入り込んでいて、ただ前後するだけでなく指の腹で押し広げるように動きはじめていた。

執行の指が深く穿《うが》ってくる度に痛みが生まれ、それに慣れた頃にまた突き進んでくる。恐ろしいまでの根気強さでそれは繰り返され、身体を繋ぐだけのことなのになんて大変なんだとひとごとのように考えた。

そして、こうまでして互いを手に入れたがっている浅ましいまでの熱情を、もはや疑えないだろうと思う。

快感がないとは言わないけれど、不愉快な違和感も相当に強い。恩着せがましく言うつもりもないが、こんな行為に耐えられるのも相手が執行だからだと、わからないとは言わせない。

「痛くない？　気持ち悪くは？」

「う……っ」

わかっているだろうと訴えたくても言葉にならず、腰も砕けてもう身じろぎもままならない。宥めるようにこめかみに唇を寄せた男は、そしてそっと一言、好きだと囁いてくる。

（ばかだな、もう）

こんなときにそんな台詞、免罪符にもなりはしない。

そう思ってみても、そんな甘ったるい一言で許してしまおうとする自分がいるのだ。

執行のこういう、良くも悪くも甘い部分が、恥ずかしいけれど好きだ。

愛おしくさえあって、身体が自由に動くのならいますぐ抱きしめてあげるのに、そう思った瞬間。

「ん……っ」

痛みは甘い痺れにすり替わり、気がつけば先ほど果てた筈のセックスが腹につくほどに熱を持ちはじめ、その近くに手のひらを当てて腰を支えている執行にも、本当は気づかれていることを知った。

淫靡な感覚は、たしかに執行の指を含ませたところから生まれ背骨を這いずって、脳まで犯されていく。

「うー……っ、うあ、うっ！」

うめき声しか返せず、激しくかぶりを振った直樹は、脚の間に脈打っているものに執行の手を導いた。

いまきっと、中を抉られながらこの濡れた熱を解放されたなら、死ぬほど気持ちいいだろう。朦朧《もうろう》とする意識の中、獣のように快楽だけを求めた身体が本能のまま取った行動だった。

「あ、ん、も、俺……っ」

軽く握りこんでくる指に満足できず、その上から自分の手を押し当てて擦り付ける。けれど阻むように、執行の手が強ばった。

「やだ……して……っ」

「ダメ」

あげく根本をきつく押さえられ、直樹は悲鳴じみた声をあげる。焦らしているのかと、力の入らない身体を捩ってにらみつけると、まじめな顔で諭された。

「出すと……中が収縮するんだ。もうすこし、堪えて」

「う、ん……だって……っ！」

受け入れるために施されている行為だとわかってはいるが、身の裡《うち》を炙《あぶ》るような熱にこれ以上身を浸していたら、どうにかなってしまいそうだ。

「ああ……もう、もう、頼むから……っ」

指はどんどん入ってくる。数も増えて、直樹の煩悶はいっそう激しくなった。

執行の手に作り替えられた身体は、すっかりそれを嬉しがって、媚びるような蠕動《ぜんどう》を繰り返して飲み込もうとする。

指だけでこんなになって、身体を繋いだら自分はどうなってしまうのだろうと空恐ろしくなった。直樹の震える指は、もう執行のカタチを知っている。

あれを、この熱い、淫蕩で濡れた場所に入れられたら、死んでしまうかもしれない。

「しぎょ、さ……執行さん、執行さん……っ」

助けて、と泣きじゃくって後ろに腕を伸ばした。背中に乗りあげてきた男の首におぼつかないそれを絡ませ、口づけをねだると、思うよりも激しいそれに飲み込まれそうになる。

「も、いい、もういい……！」

「まだ」

「痛くていい、いいからっ！」

いまのままのほうがよほど苦しいと訴えて、唇を噛んだ。言葉ほどには余裕のない執行も、食い散らす勢いで直樹の舌を蹂躙《じゅうりん》する。

「ん、あ……！」

背中に、執行の胸が当たる。指が引き抜かれ腰を支えられて、痺れて重くなった場所になにかが押し当てられた。指とはまるで違う圧迫感とその感触に一瞬引けた腰も、張りつめたセックスに絡む指によって引き戻されていく。

そして、切ない熱さを持て余していた場所へ、それ以上に熱いものがゆっくりと入り込んできた。

「アーー！」

重苦しい痛みがあって、その直後に爪先まで痺れるような快感が襲ってくる。すこしずつ奥へ進んでくるそれに、どうしようもなく髪をうち振るいながら直樹は耐えた。

「い、た……あ、イイ……ッ！」

ずるりと動かれ、複雑な隆起を持つ内壁が絡みつくのを感じて、直樹はがくがくと顎を震わせながら惚《ほう》けたように喘ぐことしかできない。

「苦しくない……？」

執行のセックスが入り込んでいることが、苦しくないわけはない。けれどつらいばかりでもないのだ。焦れったいほどに繰り返された準備のおかげで甘く蕩けた内奥は、脳が爛《ただ》れるような刺激を送り込んでくる。

しゃくりあげるような声しか出ないまま、どうにか執行の名を呼び、身体の脇についた大きな手にすがりつく。

「す、けて」

泣き濡れた頬を筋の浮いている手の甲に押しつけ、煽《あお》るように指を咬《か》んだ。

「直樹……？」

「この、ままに、しな……っ」

ちいさな痛みを与えて、もうどうにかしてくれと訴えると、質量に慣らされたそこへまた

深く押しつけられる。

「ふ……う……！」

じん、と染みわたった官能に背骨が砕け、反射的に逃れようとずりあがる身体を引き寄せられる。

深く繋がれて揺さぶられ、喉が嗄《か》れるほど声をあげさせられて、なにもわからなくなっていく。

「あ、あ、く……っ！」

耳元に荒い息がかかり、触れる肌とその内側で感じる生々しい腰の動き。

優男ぶりを見せつけても、執行も所詮雄なのだと知らしめるその激しさに、ぎこちなくはあってもできうる限りのことで応えたかったが、所詮初心者には無理だったようだ。

ソファに着いた膝が笑ってしまって、もう執行の支えなしではどうにもならず、腰だけを高くあげた態勢で、直樹はただ与えられる感覚を享受する。

「なお、き……！」

それでも、切羽詰まったように呼ばれた声に、陶然とゆるむ頬を止められない。

この余裕のない声、がむしゃらにさえ感じるほど求めて来る腕。

格好つけてなんていらないから、そんなふうに剝《む》き出しの熱情をぶつけて欲しかったのだ。

唇も身体もなにもかも許すから、丸ごとの執行を自分によこせと、取り込んだ男の熱を無意識に締めあげて直樹は思う。

「も……あ……！」

背後から回された腕は腰をさまよい、胸を探って、張りつめた熱いセックスにも触れた。

擦れあう箇所から響く水音は次第に激しくなり、近づいてきた終焉を引き延ばすために互いの舌を嚙み合った。

「く、執行さ、も……いく……！」

泣きながら訴えて、追いあげてくる腕に両手をすがらせる。

「ああ、あああああ！」

放埒《ほうらつ》の瞬間、暖かく体内が濡れたのを感じ取りながら、迸《ほとばし》る悲鳴とともに、ソファへと沈み込んだ。

＊　＊　＊

瞼の裏が赤くて、ぼんやりと目を見開くと、部屋の中は残照のオレンジに染めあげられていた。

（あ……夕方？）

頰にやわらかい感触が当たり首だけを捩ると、いつも執行が寝転がっているラグの上だった。

「?」

なんでこんなとこに、と視線を巡らせると、ソファの前にたたずんで途方に暮れた顔をしている執行が居た。

「あ、気がついた?」

「おれ……?」

のろのろと起きあがると、全身が恐ろしく重い。なぜだろう、と惚けたままの頭を働かせ、すこし照れくさそうな執行の顔を見つけ、一気に記憶が甦った。

「ええと……平気?」

そして、なぜ執行の手に濡れたタオルがあるのか、それでソファを困ったふうに眺めているのかに思い当たり、急激に激しい羞恥に見舞われる。

あげく、自分の着衣はすっかり整えられているけれど、身仕舞いをした記憶がまったくないのだ。行為のあと、気を失いでもしたのだろう。つまり、執行に後始末もすべてされてしまった訳なのだと気づいて、どうにもいたたまれなくなる。

「あ……う」

真っ昼間に、しかも仕事場のソファの上で繰り広げられた行為のあれやこれやが、いまさらながらとんでもなく恥ずかしい。

勢いにまかせていたときはよかったけれど、さすがにここで平然とできるほどに心臓も強くない。あふれるように脳裏を駆けめぐった淫らな記憶の数々に、直樹は夕映えのせいでなく顔を赤くする。

そんな直樹を、執行は「おや」というように片眉をあげて眺めた後、ゆっくりと破顔してみせた。

「意外にかわいい反応するんだねぇ」

「そっ……が……！」

言語にならないうめき声を漏らすだけの直樹に、執行は声を立てて笑った。

（ひ……ひとりですっきりした顔しやがって……っ）

あれだけ情けない姿をさらしたくせに、現金というかなんというのか。吹っ切れたような表情で余裕さえ見せつける執行に恨みがましい視線を向けると、頰を掻きながらほんのすこし笑う。

「うん、でも元気みたいで安心した」

少年のような邪気のないその笑みに、直樹もすっかり毒気を抜かれてしまう。

なんだか気の抜けたため息をつくと、屈み込んできた執行にやんわりと抱きしめられる。

一瞬身構えたが、センシュアルな匂いのないやさしいばかりの抱擁に、直樹もすぐに背中の強ばりを解いた。

視界一杯に広がるのは夕日に染まった執行の白いシャツで、清潔な匂いのするそれに鼻を埋めるとちくりと胸が痛くなった。

「なにか飲む？」

「ん？……ん――……そ、ですね」

会話にもならない会話がひどく穏やかで、問うほうも答えるほうも、言葉などどうでもいいことを知っている。

言いたいことや、言わなくていいことまでぶつけ合って、喧嘩腰の会話の延長のように抱き合ってしまって、もういまさら、さらけだすものも残っていない。

「ソファ、やっぱ汚れて……ます？」

「ああ、うん」

おずおずと問いかけると、歯切れの悪い返事がある。

「ちょっとね……買い換えないとだめかも……ひと来るしね」

はは、と乾いた笑いを浮かべた執行に、直樹はなにを言えばいいものやらわからなくなり、赤くなったままの顔を強く胸元に押しつけた。

そしてふと、胸にさした疑問を口に出してみる。

「ところで、家空けてた間、仕事どうしてたんですか？」

たしか月末に雑誌用のカットが数点あったはずだと思いだし、大丈夫なのかと訊ねると、喉奥で笑った執行は直樹のつむじに顎を乗せてくる。

「ホテルで缶詰してました。水彩だったからもうあがったよ」

「なにが法事だって？」

少々恨みがましい声で上目に見ると、「ごめんね」と頬に唇が触れる。

「嘘はもう、なしですよ」

責めるつもりはなかったけれど、もう一度「ごめん」と言った執行の声は弱くなる。許すようにそのさらりとした黒髪を撫でて、今度はこちらから唇を寄せた。

腰の当たりでゆるく組まれた指に力がこもり、引き合うように唇が重なった。そっとぬくもりを分かち合うようなやさしいそれに、くすりと直樹は笑みを漏らす。

「なに？」

不思議そうな声にかぶりを振って、口元をゆるめたまま執行に抱きついた。

とんでもないはじまりに引きずられるまま、ここまでたどり着いてしまった自分たちが交わした、あまりに初々しい口づけがこそばゆくて漏れた笑みだった。

「なんでもないよ」

腕の中できょとんとした表情を見せる執行には、先ほどまでの獣めいた気配は見受けられないけれど、もう見た目だけの穏やかさに誤魔化されはしない。

それこそ身体の奥底で、この男の激しさを知っているのだ。

「もうすこし……こうしていてもいい？」

あれだけ好きにしたくせに、気弱な声でそっと訊ねてくる執行に「いいよ」と笑ってみせる。

今日一日の会話だけでも、執行と直樹の考えかたの違いは浮き彫りにされた。どうにも歯がゆい部分もあるし、逃げようとした男への苛立ちや憤りをすべて無くせたわけでもない。

やっかいで面倒で、どうしようもないと思いながら、その髪を撫でる指を離そうとは思わないのは直樹のほうなのだ。

これこそまったくどうしようもない。

それでも、どうにもゆるんでしまう口元を、引き締めることはできないのだ。

ゆったりとやさしく抱き合いながら、暮れていく夕日を見送る。

会話はなにもなかったけれど、穏やかにやさしい時間はただひどく心地よく、これまでの忙しなく揺れる日々を思ってもあまりあるほどに幸福だった。

執行の端整な横顔に落ちるやわらかな陰影が、彼もまたこんな時間を楽しんでいると教えてくれる。

喧嘩して、怒っても泣いても、こんなふうにやさしく抱き合える時間を持つことができればきっと、大丈夫だろうと直樹は思う。

（これから、だもんな）

覚えたばかりの体温や、近寄らなければわからない肌の匂い。

そんなひとつひとつの、やわらかにささいな記憶を、大事にしていこう。

やさしく臆病な、このひとのために。

＊　＊　＊

ひどく変わったようでいて、結局はなにも変わらない日常がはじまった。

執行に借りていた金もつつがなく返し、これがすべてのはじまりだと思うと複雑だと、二人で笑いあった。

「五十万で人生変わったかなー」

なんの気なし、という風情を装っての言葉に案の定、執行はぴくりと頬をひきつらせたが、そのあと吹き出した直樹を見て、ほっとしたように肩の力を抜いた。

「ごめんごめん、冗談」

「勘弁してくれ」

がっくりと肩に頭を乗せ、長い腕で抱きしめてくる執行は相変わらずだ。そうそうには開き直れないか、と苦笑しながら広い背中を撫でてやる。

「仕事、しましょうか？」

「ん」

甘ったれるようにしがみついている身体を引き剝がし、机に向かわせる。渋々、といった顔を見せる大人げない男にちいさなキスを贈って機嫌を取った。

「がんばって？」

「がんばります」

やに下がりつつあっさりとやる気になった執行が机に向かうのを見て取り、呆れるやらおかしいやらで、直樹も持ち場に着く。

こんなふうに甘やかす態度も、気恥ずかしくはあるけれど、いままでの己をかんがみても対して変わりはないのだ。ただ、そこに甘ったるい接触が付け加えられただけで。

（なんだかなー）

美帆の指摘通り自分たちがいかにいままでぬるい関係であったかと日々思い知らされて、複雑ではある。

それでも、それこそいまさらなことだと直樹は開き直っている。

美帆とは、以前よりも頻繁に連絡を取るようになった。会う度に爪の色を変える彼女は、どんどん女としてのスキルを磨いているようで、時折眩しい気がする。

執行とのすったもんだが結局どうなったのかについては言わずもがなだったようで、けろりと彼女はこう言った。

「ま、援助が抜けりゃあただの交際だしね」

いいんじゃないの、あんたがよけりゃ。

そんなふうに飄々として見せるけれど、実は好奇心は旺盛なようで、ことに夜のあれこれについては直樹が眉を顰《ひそ》めるほどにしつこく追求しようとする。

冷や汗をかきつつ逃げているけれど、抱き合った日の翌日に顔を合わせようものなら、一発で見破られるのが恐ろしい。

「色ぼけた顔さらすからよ」

そんな具合に笑い飛ばしてくれるのも、実際有り難いことだとも思いはするけれど、いい加減オトコのひとりも見つけて、興味を逸らしてくれはしまいかというのが偽らざる本音だろうか。

「ねえ、今度会わせてよ」

最近の美帆の口癖はこれで、「生執行」を見せろ会わせろとずいぶんしつこい。

「なんでそんなに会いたいわけ？」

「決まってるじゃないそんなもの」

辟易《へきえき》しながら訊ねた言葉に、ほくそ笑んだ表情とともに返ってきた台詞を聞いて、直樹はひっくり返りそうになる。

「アンタのはじめてのオトコに、あたしのはじめてのオトコをよろしくって、挨拶するんだから」

「やめてくれ」

後生だからと頼み込んで、その日の飲み代は全部持たされた。

例年より長い春休みが終わりに近づき、桜が芽吹く坂道を走りながら、直樹は今日も執行のマンションへと走っていく。

エレベーターで十五階へ上り、オートロックのボタンを解除して、相変わらず寝穢い、恋人になった男の姿に嘆息しつつ窓を開ける。

「執行さーん、起きて！」

コーヒーを淹れてラグをひっくり返し、とぼけた悲鳴とともに売れっ子イラストレーターを覚醒させる。

「はい、おはようございます」

ミルクの替わりにつくオプションは、買い換えたソファの上の寝ぼけ眼に落とす、キスひとつ。

僕はきみの腕の中

緊張気味に唇を結んだ少年の顔は、うっすらと紅潮していて、なめらかで若い頬にひとつ、ちいさなニキビの痕があるのをさりげなさを装った視線の中で執行《しぎょう》は発見する。

「はじめまして」

「はっ……はじめましてっ」

やわらかに笑みかけながら、頭ひとつはちいさな学生服の彼に声をかけると、上擦った声で挨拶を返してくる。

「どうぞ、座って？」

なかなかかわいいな、と含みなく思って、肩をいからせたまま立ちすくむ彼に腰かけるようにすすめた。ぺこりとお辞儀した途端に長めの前髪が揺れた。襟足の短い清潔そうなそれはいかにもいまどきの高校生らしく色が抜かれているけれど、軽薄な印象はなかった。

「えーと、江角直樹《えすみなおき》……くん？」

アシスタントのバイトを請け負った彼の名を呼びかけると、変声後の硬い、けれど若い声で「はい」と生真面目に返事が返ってくる。

そして直樹は、執行の目を見た。

きれいに澄んだ大きな瞳で、憧憬《しょうけい》を含んだ眼差しで、まっすぐに。

その強い視線に、なぜだかちりちりと肌が焦げるようだった。気取られない程度に軽く息を抜いて、営業用とも言える慣れた笑みを浮かべ、そう緊張しないでねと話しかける。

「あんまり堅苦しい雰囲気は好きじゃないんだ。先生、って呼ぶのもできればやめてください。ぼくも、きみのことは名前で呼ばせてもらうけど、いいかな？」

フランクに接してみせるのは、言葉通りの意味がひとつと、相手の出方を見るためでもある。いやらしい性格だと自分でも思うが、これもひとつの処世術だ。

（さて、この子はどうだろう？）

あえて手の内をさらけだしたように見せながら、それでいきなり馴れ馴れしくなるような人間であればさっさと見切りをつけるのが、執行のいつものやりかただった。

にっこりと笑いながら、ソファの上で身を固くする直樹を観察していると、小作りな顔の中でことさら目立つ大きな瞳を瞬きさせる。

アコガレのセンセイに、親しげに話しかけられてパニックに陥《おちい》っているといったところだろうか？　あまりミーハー心を引きずられても困るけれど。すこし意地悪にそんなことを思いながら、表情だけはあくまでやわらかなまま苦笑混じりに呼びかけてみる。

「直樹くん？」

すると、存外はっきりした声で直樹は問い返してきた。

「はい、えーと、俺のほうはそれで構わないですけど」

「けど？」

「センセイって呼ばれるのいやだって言われるなら、執行さんって呼ばせて戴きますけど、それって外ではまずくないですか？　えーと例えば編集のひとの前とか」

いや、よくわかんないですけど。相変わらずまっすぐに執行を見るまま、直樹はそう言った。

回転の速そうな子だ、と執行は感じ取り、笑みの色を深くする。言葉遣いもきっちりしているし、そのくせ硬い雰囲気もない。

「構わないよ、ぼくは別に」

立場をわきまえることがごく自然にできる少年はすくない。多分年齢からいって拙い部分も多いだろうけれど、呼び名ひとつに気遣いを滲《にじ》ませた直樹の態度が執行は気に入った。

「まあ、あんまり硬くならないで。仲良くやっていこうね」

「あ、はい」

コーヒーどうぞ、とすすめると、幾分硬さの取れた表情で口元をゆるませ、「いただきます」と彼は言った。

高校生のアルバイトを紹介すると言われたときには正直危ぶんだけれども、大人しすぎない、けれど礼儀は正しい直樹には好感が持てた。

なによりルックスもなかなかで、これは拾いものだったかも知れないと思う。ゲイである自分の下心は別にしても、見た目はいいに越したことはない。執行のファンは、その代表作であるSF作品の挿絵《さしえ》のせいかマニアックな人種が殆《ほとん》どで、見た目もむさ苦しい輩《やから》が多く、今回もその手の青年をよこされたらどうしようかと思っていたところだ。

研究室に通っているとは聞いたけれど、美術系の学生によくありがちな、奇妙に凝り固まったプライドもなさそうで、整理をまかせるからと原画を見せれば涙目で感激している。

素直な子は好きだ。

一見おっとりした良識派ふうに見えるけれど、執行は自身がひねくれすぎて一回転して、まるで捻りアメのような曲がった精神構造をしていることを良く自覚している。

それだけに、感動をあらわにしたり、計算のない賛辞を向けられることは心地よい。そうなれなかった自分に対して芽生える後ろ暗い嫉妬に似たものを覚えるには、少々年齢も行きすぎた。

「うわあ、うわー……さ、触っていいですか?」

「触らないでどうやってこれ片づけるの」

山積みになった原画を見て直樹の上擦った声に苦笑混じりに返しながら、上滑りの言葉でなく、この子とはうまくやっていければいいと、そんなふうに感じた。

慣れた愛想笑いでなくごく自然に浮かんだ微笑に、直樹も照れたように笑み返す。肩肘の張らない、幼いようなその笑みはひどく印象深かった。

（……まずいかな？）

ちりりと疼《うず》いた胸の痛みに、慌ててブレーキをかけた。その気のない相手に入れ込んで痛い目を見るのはもう懲りている。

後ろめたいところがないからこその衒《てら》いのなさ、明るさといったものにどうしても惹かれてしまうせいだろうか、いつでも執行が本気で想いを向けるのは、いわゆるヘテロセクシャルが多かった。

もう同じ轍《てつ》は踏むまい。痛みを知り、同じ傷を負うことのないように繰り返した経験があるのだから。

うまくやろう、傷つかないために。

「よろしくね、直樹くん」

はい、と元気良く答えた、その笑顔を曇らせないためにも。

＊　＊　＊

「……さん？　おーい、執行さーん」

「んあ？」

呼ばれた声にぼうっとした返事をして、首を巡らせた先には直樹の長めの髪が揺れていた。

「んあーじゃないですって。うたたねすると風邪引くっていつも言ってるじゃん」

まったく、と吐息した直樹の手には、ビニールの買い物袋がぶら下がっている。

「えーと……あれ？……髪」

「髪？……がなに？」

「長い」

ぼんやりとした呟きに、寝ぼけてるのか、と直樹は吐息する。そしてようやく、自分が夢を見ていたことに気がついた。眠るつもりはなかったのだが、疲労に負けてソファに埋もれたまま意識を失ってしまったようだ。

直樹とのはじめての出会いの日の夢はいやに鮮明で、まだ意識が現実に追いつかず、彼の長い髪に違和感を覚えてしまう。

「もう……寝るならちゃんとベッド行く習慣つけなってのに」

ぶつぶつと言いながらも咎《とが》める雰囲気がないのは、昨日までの執行がどれだけ根をつめて仕事をしていたか知っているからだろう。

「どうせろくに食ってないんでしょ、簡単なもの作るから、ちゃんと胃に入れてくださいね」

今朝がたまでかかって、数枚のイラストを描きあげた後、案の定直樹が訪れるまで定番のラグの上で寝こけてしまった。寝るならちゃんとシャワーを浴びてさっぱりしろと命じられ、大人しく従う執行の背中に「買い出しに行ってきます」と彼が言ったところまではなんとか思い出す。

部屋を見回せば、ほったらかしだった画材やデスク周りも片づけられており、毎度ながらの手際の良さに感服する。


入学前にはすったもんだあったけれど無事専門学校に入学した直樹は、相変わらずアシスタントを続けている。

近頃とみにしっかりしてきた直樹は、殆ど執行のマネージャーのような役割も請け負っており、馴染みのクライアントの一部は執行に仕事を入れたければ、まず直樹にお伺いを立てるのが先決と、執行の自宅よりも直樹の携帯に先に連絡を入れてくる始末だ。

基本的にバイトの日程は、直樹に午後の講義がない火曜日と金曜日。そのほかには執行の仕事の進み如何《いかん》で、突発の手伝いも発生する。

そして、土曜からは往々にしてそのまま泊まり込み、少々自堕落な、けれど甘ったるい時間を過ごすことに費やされている。

勢い、執行もその週末のために仕事を調整することになり、スケジュールがきっかり決められるようになったおかげで、このところ仕事の進みも順調だった。

だが、今回は某一部上場企業の広告用イラストを請け負っており、気まぐれかつ高圧的なクライアントのおかげで完成の一歩手前でリテイクを食らってしまったのだ。

駆け出しの新人ならともかく、執行ほどのキャリアを持てば、あまりそういったハプニングはないものなのだが、どうも中継ぎをした広告代理店がうまくクライアントの意向を伝えられなかったらしい。

結構な金額の動いているプロジェクトであるが故に途中で投げるわけにも行かず、描き直す旨を執行は飲んだ訳なのだが、これに関して怒り散らしたのは直樹だった。

直接マンションまで出向き、大汗をかきつつ頼み込んできた代理店の担当者に、いまにも食ってかからんとする目つきの直樹を宥《なだ》めるほうがよほど骨だったと執行は苦笑する。

さすがに一アシスタント風情が口を挟む問題ではないと知っていたようで、最終的にその場で口を開くことはなかった。そういう意味で、出る場面とそうでないところをわきまえない直樹ではない。

けれども、普段陽気な人当たりのいい青年が、剣呑《けんのん》な顔で黙り込んでいるさまというのはなかなかに寒いものがあったようだ。問題の担当者は恐縮することしきりで、帰り際には胃を押さえていたほどだった。

「なに笑ってんすか」

むっすりと唇を尖らせた直樹が、手早く作りあげたキノコ入りのミルクリゾットを運んでリビングへと戻ってくる。

「なんでもないけどね……作ってくれたの」

「店屋物はもういやでしょ」

やわらかな湯気をたてる皿を眺めて、執行の頬は綻《ほころ》んだ。

イラストのリテイクが決まって以来、ややへそを曲げていた直樹だったが、それも寝食を忘れて仕事に打ち込んでいた執行を心配してのことだ。

「ありがとう、いただきます」

怒りの矛先が持って行きようもないせいでふてくされていても、疲れている身体を慮《おもんぱか》ってメニューをセレクトする気遣いは忘れない。

本当に拾いものだった、としみじみしながら、暖かいリゾットを口に運ぶ。

一人暮らしが長いせいで、執行の料理の腕はなかなかのものだけれど、ここ数年は時間がなくてろくに自炊もしていない。放っておくとどんどんひどくなる執行の食生活に業を煮やした直樹が、台所を占拠《せんきょ》するようになったのもある種当然とも言えた。

「明日、どこか出かける？」

ほんのりと甘い風味のリゾットを口に入れると、存外に空腹だったことを思いだす。身体に染みるやさしい味を嚙みしめながら、泊まっていくことが前提の提案を口にすると、こちらはコーヒーを口に運んでいた直樹は深くため息をつく。

「目の下、真っ黒にしながら、気使うのよしましょうよ」

俺のことなんかいいからさ、と頬にかかる髪をかきあげて苦笑する、その表情も、最近はずいぶんと大人びた。

「ていうか、なんかしたいことあるならつきあうけどさ……そうじゃなければいいから」

元々インドア派の執行が、自分から好んで外出することがないことなど、直樹にはとっくにばれているのだ。

「俺はいいんだから……ホントにずっとお疲れさまだったから、ゆっくり休んで？」

頬のラインも変わり、髪も背も伸びて、明るく前向きな部分はそのままに、時々はしたたかな男の顔も垣間見せるようになった直樹に、愛おしさと眩しさを感じて執行は目を細める。

「じゃあ……直樹、いっしょにいてくれる？」

甘えかかるような態度を、まだ執行の半分しか生きていない青年は意外に嬉しがるようで、こんなふうに切り出せば絶対にNOとは言わない。

「最初っからそのつもりで来たよ」

越えられないと思いこんで後込《しりご》みしていた距離を、一足飛びに踏み込んで、臆病で卑怯な心ごと引き受けてくれた彼は、こんなときにポーズでさえも恩着せがましい態度はとらないようになった。

自分がしたいからする。あなたが好きだからここにいる。

態度で言葉でことさらはっきりと示してくるのは、どうしても思考がマイナスへと向かいがちな執行への気遣いであることは痛いほどにわかる。

「食べたらちょっと横になったほうがいいんじゃない？　さっきも眠そうだったし」

年若い彼にどこまでも先手を打たれるのはすこし情けなくはあったけれど、もとよりしっかり者の直樹とルーズな執行という関係性は、深みにはまる以前からのものであるし、執行自身そんなことに矜持《きょうじ》を保ちたいと思うタイプでもない。

「うーん……そうだね」

甘やかすのが好きな直樹と、甘やかされたい自分がいて、それが嚙み合っていればなにも問題は無い気がする。

「でも独り寝はいやだなあ」

誰に知られるわけでなし。そんなふうに考えるようになったのは明らかに直樹の影響だろう。

「なに言ってんの」

呆れた顔をしてみせながら、それでも直樹の頰は僅かに赤くなった。

しっかりしていて男らしい年下の恋人も、色事に関してはまだまだ執行に押され気味だ。

「正直なところを口にしたまでだけど」

「いちいちしなくていいって！　そういうのは！」

タチの悪い笑みを浮かべて見つめる先では、拒めない誘いに狼狽《うろた》える表情があって、こういうところはひどくかわいいと思う。

腕を伸ばし、髪に触れながらそっと唇を啄《ついば》むと、焦れた気配が伝わってくる。

仕事のスケジュールが狂ったおかげで、ゆっくりと抱き合えたのはもう三週間は前のことになる。生々しい感覚を求めてあがいているのは、どちらかといえば若い直樹のほうだった。

「疲れてるくせに」

ちいさな音を立てて唇が離れると、それだけでかすれた声で直樹は憎まれ口を言う。

「そういうときって結構即物的に来るよねえ」

笑いながらもう一度キスを落とすと、今度は大人しく瞼《まぶた》が伏せられた。

「んぅ」

テーブル越しの口づけは、すぐに濃厚なものへと変わり、空間に邪魔されて抱き合えないもどかしさがその熱っぽさに拍車《はくしゃ》をかける。

「ベッド、行こうか？」

やわらかにたわむ唇に自分のそれを押し当てたまま囁くと、いらいらと眉根を寄せた直樹が肩を小突いてきた。

「したいことあったらつきあうって言ってくれたでしょう」

言質《げんち》をとったと笑ってみせると、今度こそ「ばか」と怒鳴られた。

「だからいちいち言わなくていいっ！」

拒んでなどいないのだから、と噛みつくようにキスを贈られ、執行は満足げに目を閉じた。


寝室に入るまでもずいぶんとしつこく舌を絡め合って、倒れるようにベッドにもつれこむと、直樹の細い腕が背中を掻くように絡みついてくる。

「あ……っ」

指通りのいい髪をかき混ぜながら脚を絡ませると、高ぶった熱が擦れあい、直樹の喉声が甘く舌に蕩《と》けた。

弾んだ腰とシーツとの隙間に手のひらを差し入れ、敏感な腰の辺りを撫でるとしがみつくように腕を強めてくる。

キスも久しぶりだった。すこしでも触れてしまえば歯止めが利かなくなりそうで、無言の了解をお互いに感じるまま、余分な接触は避け続けていたからだ。

お互いの体温を知ってからも、そんなふうに仕事に邪魔されてばかりで、回数でこなれない分行為はいつも濃厚だった。

「う……んふ……っ」

服の上から荒く胸を撫で回すと、左右に感じ取れる小さな隆起は既に尖っている。何度か手のひらでかすり、両方を同時に指の腹で押しつぶすと、喉の奥にくぐもった悲鳴が飲み込まれていく。

「っ、しぎょ……っあ！」

苦しげに口づけをほどいた直樹は、興奮のせいだろう、潤んだ瞳でにらみつけてくる。

「んな……強くしたら、痛い……っ」

「それだけ？」

痛いだけでは無いことを言葉よりも知らしめる下肢の熱さを、腰を押しつけて意識させる。ひ、と息を飲んだ直樹は、少し悔しそうに唇を歪めながらも早々に降参の意を表した。

「だ……て、久しぶりなんだも……っ」

荒い息をつく合間に短い声をあげ、執行の顎や首筋に唇を押し当てながら、震える指がシャツを脱がそうとする。服を着たままの行為を直樹はいやがるから、もどかしそうな手をそのままにさせておきながら、執行も直樹の服を剝ぎ取っていく。

開かれたシャツの中に手のひらを差し入れ、執行より幾分細い指が肌を這う。袖を抜くように促されながら、こちらは最後の衣服まで取り去るべく細い腰を抱えて浮かせた。

「ん……っ」

下着を引き下げる動きにさえ刺激され、もぞりと身じろいだ直樹の胸に口づけながら、肘に引っかかっていたシャツを振り落とした。

とにかくすべて脱ぎ捨てて、もう一度細い身体の上に乗りあがると、視線が絡み合った。

「なんかいっつもこうですね」

毎度ながら余裕のない自分たちに呆れたような、照れたような声で、直樹はふっと笑った。執行も苦いものを混ぜた笑みを返しながら口づけ、まったくだと呟く。

「悪くないけどね、毎回新鮮で」

マンネリっぽいよりいいかも、と続けると笑った直樹に背中を叩かれた。

裸の背中にきつい一撃に、痛いと抗議する替わりに、尖った胸を強く摘みあげる。たちまちに崩れそうになる表情に、ひどい渇きを覚えてまた強く唇を求めた。

「ん……！」

しなやかに反り返る背中を抱きしめたまま、指で押しつぶしたそこに舌を這わせる。なめらかに張りつめた若い肌にはうっすらと汗が噴き出し、堪えきれないように零れ落ちる声はどうしようもなく淫らだった。

「執行……さ……ん」

訴えかける声を無視したりはせず、つらそうに揺れる腰の中心に指をかけると、執行の頭を抱え込む力が強くなった。

舌をかすめる硬く充血した感触が快くて、交互に左右を構いながら指を絡め、熱をあやしていると、頭上から聞こえる直樹の声が切なく歪んでいく。

「あ、なんか……だめ、も……っ」

シーツに突っ張った足先が丸まっているのを見て取り、執行はふっと笑みを漏らしながら濡れた肌に囁きかける。

「いいよ、我慢しないで」

「やぁっだ……！」

言葉でだけ拒んで、結局は導く指に抗えずに、直樹は短い悲鳴をあげてじわじわと執行の指を濡らしていく。

「う……く」

滲んでいく体液のせいで、執行の長い指に搦《から》め捕られた部分からは卑猥な水音が聞こえはじめる。あがる体温とともに感覚が解放されていくのか、吐息が肌を滑るだけで直樹の引き締まった下腹部が波打った。

「あ……ん、も……っ」

「もうだめ？」

耳をかじりながら囁きかけると、子供のように何度も頷《うなず》いてみせる。目を閉じ、必死に感覚を追う表情は愉悦に染まってひどく淫らなのに、すこしも卑しくは映らない。

「あ……あっ、あっ」

涙の絡まった睫毛《まつげ》を震わせながら、何度もたしかめるように執行を見あげ、こみあげてくる官能に負けて伏せられる瞼が、いっそいじらしい。

「しぎょ……さんっ……！」

泣き出しそうな顔で求められるよりも早く、深い口づけを送った瞬間に、手にしたものがちいさく震え、迸《ほとばし》る熱に濡れる指先を感じた。

「っふ」

胸を上下させる直樹のそれは、放埒《ほうらつ》の後にも執行の手を感じて震えている。髪を撫でながら瞼に唇を押し当てると、放心したような表情のままの直樹の指が執行の熱に触れてくる。

「なお」

そして、瞼はゆっくりと開かれた。

普段の直樹からは窺うことのできないような誘う視線と直接的な刺激に、背筋を這いあがる歓喜を堪えて息を飲む。

まだおさまらない息を弾ませる唇に指を這わせると、爪の先をそっと嚙まれる。痺れるような心地よい痛みに、執行の眉が顰《ひそ》められる。僅かに指を押し込むと、濡れて熱い口腔の感触が快く、爪と皮膚の際を撫でる舌に、指に包まれた部分が脈打った。

「してほしい？」

主語は告げないまま、執行の指を食《は》む唇で、直樹は囁くように言った。

「嬉しいけど……いやじゃないの……？」

また先を越されたと内心苦笑しつつ、繕《つくろ》うこともできないままに執行は問い返す。想像しただけで神経を焼かれそうに刺激的な提案に、返せる言葉はそれが精一杯だ。

浅ましく鳴りそうな喉を堪えて、含ませた指先をゆっくりと動かすと、直樹の指がそれに応えるように蠢《うごめ》いた。

初手から積極的なほうではあったけれど、同性との行為は執行しか知らない直樹に、あまり嫌悪感を与えたくはなく、彼からの奉仕を強いたことはいままで一度もない。

まったく望まないと言えば嘘になるけれど、そんなことで直樹を不快にさせたりしたくないのが本音だった。

「いやに、ならない？」

たしかめるためにもう一度問うと、引き抜かれた指を赤い舌が舐める。ぞくりと震えた背中には直樹の手のひらがあてがわれ、誤魔化しようもなかった。

「いまいち解ってないみたいだから、言っとくね」

髪を揺らして起きあがり、執行の唇を奪いながら、やさしい声で直樹は言った。

「気持ちいいことしてあげたいの、そっちだけじゃないんだよ……？」

そして照れたように「下手だと思うけど」と付け加え、ろくな反応もできないままの執行の下肢の間へと、顔を埋めていった。

慣れた相手との情事の数は恐らく、執行のほうが上だろう。年齢の分余裕もあったつもりで、けれど火傷しそうに熱い唇に含まれた瞬間、そんなものはひたむきな熱意の前には太刀打ちできないことを執行は身をもって知らされる。

「なお……き……っ」

おまけに。

直樹の愛撫は一切の躊躇《ためら》いがない上に、これがはじめてとは思えないほどに執行を翻弄してくれた。あらぬ誤解を生みそうなほど、なめらかに舌は動き、甘い声を紡いだ唇は熱く濡れて締めつけてくる。

「いったいどこでこんな……っ」

半ば憤りさえ覚えそうになりながらうめくと、さらりとした声がしてやったりといったふうに呟いた。

「ちょっとビデオで研究」

「ビデオって、あ、ちょ……く」

くぐもった声のとんでもない返答に、なんのビデオだと問うこともできぬまま、髪を梳《す》く指が強ばってしまう。思わずちいさな頭を引き寄せてしまい、あがった苦しそうな声に慌てて指を離した。

「ご、ごめん」

「っ、いいよ」

噎《む》せながら、直樹はかぶりを振って「いいの？」と訊ねてくる。負けを認めて頷くと、ひどく嬉しそうな顔をした。そして、また唇を押し当ててくる。

「もう、いいよ……っ」

焦る声は上擦ったけれど、舐め溶かされそうな感覚を強く拒めない。このままではまずいと理性では思うのに、身体は直樹の唇の熱さに溺れている。

「だめだ……って、ほんと、に……！」

「あ……っ？」

覚えのある痺れに腰の奥を焼かれそうになって、力尽くで恐ろしくやさしい唇を引き剝がし、身体を入れ替えて直樹を押さえつけた。

荒れた息がおさまらない。眩暈《めまい》がするようで、こんなに強い欲望を覚えたのも久しぶりの気がする。必死で隠していた獣めいた熱情を引きずり出され、もう取り繕うこともできないまま、淫らに濡れた唇を見つめた。

「執行さん」

うっとりと見あげてくる直樹の視線の先、普段のすました顔をかなぐり捨てた自分がいる。

呼びかける直樹の表情も同じ色に染まっていることを認めた瞬間、もうなにもかもどうでもいいと、執行は上気した肌にかじりつく。

「もっと、そういう顔、見せて」

艶めかしく切ない声で促され、なにかが執行の中で弾けた。

抱きしめてくる直樹もまた、同じほどに乱されたがっていると感じて、いままでにないほどに性急になる指を止められない。

早く、と身体の奥で声がする。同じ響きが組み敷いた身体からも聞こえて、危うく熱い奔流に飲み込まれていく。

焦りのようなものがどこまでも執行を走らせて、咎めない直樹もそれは同じなのだろう。どうしてこんなに互いに飢えてしまうまで、触れずにいられたのか不思議なほど、こみあげる熱情は激しい。

のぼせあがり霞んでいく思考の中で、絡まり包まれて、濡れてだめになる瞬間を手に入れるまで、この渇きがおさまらないことだけはわかっていた。

「あ、ああっ」

常になく強引に腰の奥を探ると、さすがに痛むのかひきつれた呼気とともに身体を強ばらせる。普段の執行ならば、そんな顔はさせられないと手加減もできるのに、どうにも止まらない。

「痛い……？　ごめんね……？」

囁きながら、それでも指先は身勝手な動きを見せている。塗り込めた潤滑剤の助けを借りて忍び入った内部は、緊張を訴えながらもひどく熱い。

「いや、あ、……あっ、んん！」

直樹もまた、痛みを覚えながらも執行の熱に引きずられているようで、背にすがる指が痕《あと》を残すほどにしがみついてくる。

「直樹……もう」

「わかってる、から……っ！」

どうにかなめらかな抽挿《ちょうそう》を行えるようになるまで堪えて脚を抱えあげると、いいから、と譫言《うわごと》のように直樹は繰り返した。

「きて……れて……っ」

泣き声のような哀願をされるまでもなく待てなくて、かすれた語尾も消えない間に強く深く奪った。

「……ッ！」

聞いたこともないような淫らな声をあげ、直樹が肩口に爪を立てて来る。その痛みに、入り込んだだけで持っていかれそうだった感覚をどうにか堪えることができた。

「直樹……っ、あ、……っ」

かなりおざなりにしか拓かれていなかったはずの直樹のそこは、吸い付くように執行へと絡みつき、卑猥な収縮を繰り返している。

唇に含まれたときとはまた違う、けれど同じほどの快さと吸い込まれそうなその感触に首を振って踏みとどまり、抱え直した腰を小刻みに揺すぶると、直樹は泣き出してしまう。

「まだ……痛い？　ごめんね、止まらない……っ」

「ちが、あ、ちがう……ぅ、すご……！」

子供のように泣きじゃくる頬を唇で拭うと、そこじゃないとすり寄ってくる。

「ん、んう……あ、はあっ！」

締め付けてくる直樹の腰も激しく揺れて、肌のぶつかり合う音と喘ぐ声だけが寝室を満たしていく。

肌を流れるほどの汗に互いの身体が滑って、それさえも吐息を乱す要因になる。

「っと、もっと……ぉ」

こんな激しさをぶつけ合うように抱き合う日が来るとは思わなかった。

取り繕った上辺でやさしく穏やかに接することに慣れて、剝き出しの自分を受け止める相手がいることを、長く知らないままでいた。

ずっとひとりで、誰といてもひとりで、きれいな距離感を保つことにばかり長けた執行を、直樹は真摯《しんし》な気持ちひとつで突き崩してしまう。

ただ欲にまかせて恋人の身体を食い散らすように求める、そんな自分を見せろと言う。腕の中の身体そのままに、張りつめてしなやかなやわらかさで受け止め包み込んでみせると。

「ん、あ……い、イ……っ！」

叫んだ直樹に強く引き寄せられ、舌を舐めあいながら穿《うが》った腰を回すと、震える唇が火のような息を吐く。

首にしがみついた直樹のすすり泣くような声が耳朶《みみたぶ》をかすめて、もうだめだ、と執行は思った。

揺れる身体のピッチをあげながら、上擦った声で囁きかける。

「いってもいい……？」

「うん……うん……ッ」

いい、と答えた直樹のそれも、執行の言葉も、既に互いにとってあまり意味はなさなかった。ただどこかへ行ってしまいそうな意識を繋ぎ止めるだけで、それすらも絡み合う四肢からもたらされる強烈な快感の前にぐずぐずと溶けだしていく。

「中に……出すよ？」

もう声も出ないままに頷いた直樹の、張りつめて苦しげなセックスを追いあげながら告げる。もっとましな言い様はないものかとか、そんなことも考えられなかった。

ただもう、この暖かくぬめる甘い快楽の中で、すべてを解き放ちたいとそれだけが思考のすべてを占めていた。

「ああ、あ……あ！」

強く突きあげた瞬間、強ばった直樹の身体が激しく跳ねあがり、手にしたものから白濁した体液が迸る。渦巻いた官能の余波は絞りあげるように執行を締めつける身体に現れ、うめき声をあげてそのまま、純度と熱の高い欲望は解き放たれる。

存在のすべてが飲み込まれそうな、恐怖に近い陶酔を覚えながら、直樹の胸の上へと執行は倒れ込んだ。


強烈すぎた感覚に感情も引きずられたのか、直樹は終わったあともしばらく引きつったような嗚咽《おえつ》を漏らしていた。

「大丈夫……？」

両腕で顔を覆ったまま胸を喘がせる直樹は唇を噛みしめてただ頷く。いまだ繋がったままの状態で大丈夫もないものかと、どうにか立ち直った執行は思い、そっと震える身体から退こうとした。

「だめ……っ」

「え」

けれど、かすれた声で直樹はそれを留め、顔を覆っていた腕のひとつを執行へと差し伸べてくる。おぼつかずに空を掻くそれを捕まえ、指を絡めてやると、痛いほどの力で握りしめてきた。

「どうしたの？」

尋常でない力に戸惑いながら問いかけると、もう片方の腕を伸ばした直樹に首を引き寄せられ、唇を奪われる。

「な……おき？」

名を呼ぶ声が上擦ったのは、執行を取り込んだ部分が明らかに意図を持って蠢いたからだった。ざわりと締め付けてくる複雑な隆起の感触に、先ほどおさまったばかりのふしだらな快さがまた首をもたげてくる。

「このまま、……頼むから……っ」

乱れた吐息を混ぜた声でもう一度、とねだられて、頭の芯が焼けそうになる。

「ヘン……いっちゃったまんま、戻んない……俺……っ」

苦しそうに泣きながら、煽るような手つきで背中を撫でてくる。

直樹のもどかしさが触れる箇所すべてから染み込んでくるようで、涙と汗に濡れた頬から滑らせた唇は小刻みに震える唇へとたどり着いた。

ひとしきり互いの舌を探り合った後、濡れそぼった唇で執行は知らないよ、と言った。

「どうなってもいいの……？」

「いまさら……！」

聞くな、と笑った直樹の表情は凶悪なまでに淫らで、そのくせにひどくきれいだった。

自分もこんな顔をしているのだろうかと思い、考えるまでもないと執行は内心で笑う。

剝き出しになった欲情を見せつけた執行を見つめ、直樹は陶然と瞳を細めていた。

執着も渇望も、それが情のすべてを預ける相手から向けられるならば、胸の内は喜びに震えるだけだ。

そんなことはもう知っているだろうと直樹の瞳が語るので、野暮な言葉は抜きに、熱くなった身体で想いを伝えるべく、絡ませた指に力を込める。

あらかじめ高みを目指して駆けあがる行為にただ乱れて、同じ色に染まった吐息を混ぜあいながら、執行の左肺の奥が切なく疼く。

終わりたくない、早くいきたい、そんな相反する、けれど根を同じくした欲望にまみれて、ただ純粋に求めあう。

そして、甘やかにやさしい腕の中へと、堕ちていった。

*　　*　　*

濃厚な時間の残滓《ざんし》がそこかしこに漂う寝室で、ゆるやかな紫煙が立ち上る。

滅多に寝煙草などしない執行だったけれど、かなり刺激的だった今回のセックスからいまだ意識が立ち直れず、ぼんやりと煙草をふかして天井を見あげていた。

隣では、さすがに疲れ切った顔の直樹が死んだように眠っている。

勢いのまま突っ走ったせいで、普段なら絶対にしないようなことを、それも相当にやらかしてしまったと、後悔混じりに思い返す。

なにしろ、どれほどの数をこなしたのか、執行でさえ覚えていないのだ。十代の、いろいろと盛りだった頃にもこんな激しい行為はしたことがなかった気もする。

終わったあとには双方へとへとの状態だったが、直樹の体調と安眠を考えて、シャワーとベッドの始末だけはどうにかすませたときには、ひっくり返るように二人して倒れ込んでしまった。

（なんかもー……ケダモノ、って感じでしたねえ）

ぐったりとした声で呟くなり、あまりな発言に固まっている執行をほったらかしてとっとと眠りに入ってしまった直樹がすこし恨めしい。

どこかあどけないまでに眠りを貪る直樹は、ひとの気も知らずに健やかな寝息を繰り返している。

「まったくねえ」

スマートにこなしてきたいままでの経験など、直樹の前にはまるで役にたちはしない。

駆け引きや計算や、のめり込まないために引いたラインのなにもかもが崩されて、年上の面目丸潰れといったところだが、不思議なことにひどく気分はいい。

いくばくかの敗北感はなきにしもあらずだが、それ以上に爽快《そうかい》なほどの開放感が身の内を満たしている。

「んー」

シーツにうねる髪をそっと撫でて、むずがった頬に唇を落とした。

「好きだよ」

ちいさな声で囁くと、聞こえているわけでもないだろうに、やわらかな唇がふわんと綻ぶ。

成長期のピークも過ぎたのか、なめらかな頬にはもうニキビの痕は見あたらない。あの頃よりすこしだけシャープになった顎を撫でて、執行は苦い煙で肺を満たす。

うまくやろう、などと、本当に無駄なあがきだった。

ただ側にいるだけで泣きたいほどの幸福をくれる相手に、下手な小細工もあったものではない。いつから好きだと気づいたのかなにがきっかけだったのか、そんなこともう思いだせないほどに、直樹に捕らわれている。

のめり込まないよう、捕らわれないようにとばかり、思っていた自分が滑稽《こっけい》に思える。

終わる日の訪れを想像することすらできない。それはいまの幸福を無条件に信じるからではなく、直樹がいなくなることなど恐ろしくて考えもつかないだけのことだ。

短くなった煙草に指を焦がしそうになり、ベッドサイドのアッシュトレイに押しつけて、眠る態勢を整える。

そっと直樹に腕を伸ばし抱え込むようにすると、深く息をついたあと執行の胸にすり寄るような仕種を見せた。

まだすこし湿っている髪からは甘い匂いがして、また切なく胸は疼く。

ひとり抱え込むばかりだった哀しみからではなく、ただ愛おしくても幸福でも胸が痛むことを、直樹と出会ってはじめて執行は知った気がする。

柔軟な心としなやかな身体で、この子がどこまで自分をつれていくのか、どんなふうに二人が変わっていくのか、なにも見えはしないけれど。

「おやすみ」

もう離してはやれないと思いながら、直樹を抱きしめる。

そして休息で深い眠りへと、直樹を追いかけるように、執行もまた沈み込んで行った。

あとがき

今回の作品は、デビューしてから一年経ったころに書いたものの文庫化となります。

ルチルさんでは、創刊時からいろんな絶版本を文庫化して頂きました。当初は比較的出版時期と近い年数のものや、続編構想のあるものから出していったんですが、読者さんのリクエストなどで「デビュー時期のものは文庫にしないんですか」というお問い合わせをいただき、また担当さんからも「あれは？　これは？」と初期作を提案頂いていたんですが……デビュー直後のものについては、自分自身の未熟さとがっぷり四つに組まないといけなくて、どうしたものか……とずっと悩んで後回しにしておりました。

数年前、担当さんともその話をしていたとき「いや、なんか、古すぎるのは、恥ずかしいっていうか、踏ん切りつかなくて」ともごもご言ったわたしに「じゃあ、崎谷さんがあきらめついたら（笑）」とオトコマエな担当さんは言ってくださったわけですが……えー、あきらめつけました……（笑）。

ふだん、過去作の文庫化については、かなり手を入れたり、書き直したりするのですが、今回はまるっと十年前の本（九九年、発売月も十一月でした）ということで、手の施しようがなかったというか、なんというか。

近年の作品だった場合には、そのまま出してもさほど問題はないし、ちょっと古い程度ならば、まだ手を入れるなりできるんですが、十年前の自分はもはや別人すぎて無理でした。時代背景にせよ、もはや昭和の香りが漂う代物でしたが、いちばん爆笑したのが執行のバックボーン。九九年当時、作中で三十代の彼について、本文で「執行の青春時代はバブル」という一文があり、ものすごく遠い目になりました。初出時のタイムカウントだと、執行ってもう四十代になるんだなあ……とか……。

ごちゃごちゃと言い訳しておりますが、当時、とても一生懸命に書いたものだというのも事実で、それを否定する気はないですし、拙さも含めて当時の自分であろう、と思います。ただ、あれですよ、母親とかに、子どものころの思い出話されると、ものすごく本人だけ恥ずかしい、みたいなのあるじゃないですか。あんな感じだと思って頂けると。

まだ商業誌のお仕事がやっと五本目くらいで、本当に初々しい話なのですが、そんなころからドヘタレ攻めを書いていたのね、と違う意味で遠い目になりました。……ここまで弱腰の攻めのひとって、類を見ないかもしれません。そういえば仲間内で、直樹が五年も経ったら受け攻め逆転するに違いない、と言われていて、一時は攻め受け逆に書き直そうかとすら思いました。……いまとなっては妄言でしかありませんが、それはもう雄々しい攻めと繊細な受けになったに違いありません（笑）。

さて、そんななつかしい話のカットを担当くださった緒田涼歌先生には『きみと手をつないで』という作品でも文庫化でお世話になっております。今回も、やさしげな執行とぷりぷりにかわいい直樹をありがとうございます。繊細ヘタレが素敵攻めに見えるのは緒田先生のおかげです（笑）。そして、どうやら『きみと手をつないで』も続刊を出すことができそうな気配なのですが、その際にはまたお願いいたします！

あと、『きみと手をつないで』ですが、こちら、二〇〇九年秋現在、ｙａｈｏｏ！　コミック『ルチルＳＷＥＥＴ』にて、コミカライズ連載中です。また、ドラマＣＤも三枚組にて発売中（ジャケットは緒田先生かきおろし）です。いずれもかわいらしく素敵な出来ですので、興味のある方はよろしくお願いいたします。

ご担当さま、今年の連続刊行も残すところあと一冊となりましたが、最後まで気を抜かず頑張ります。毎度のサポートをしてくれるＲさんＳＺＫさん、いつもありがとう。

なつかしく大事な一作を、こうして皆様にお披露目する機会をいただけたことは、少々気恥ずかしくも、嬉しいことです。今後とも頑張ってまいりますので、またいずれ、どこかでお目にかかれますと幸いです。

✦初出　ささやくように触れて……ラキアノベルズ「服を脱いで、僕のために」
（1999年11月刊）を改題
僕はきみの腕の中…………ラキアノベルズ「服を脱いで、僕のために」
（1999年11月刊）

崎谷はるひ先生、緒田涼歌先生へのお便り、本作品に関するご意見、ご感想などは
〒151-0051 東京都渋谷区千駄ヶ谷 4-9-7
幻冬舎コミックス　ルチル文庫「ささやくように触れて」係まで。

幻冬舎ルチル文庫
ささやくように触れて

2009年11月20日　第1刷発行

✦著者	崎谷はるひ　さきや はるひ
✦発行人	伊藤嘉彦
✦発行元	株式会社 幻冬舎コミックス 〒151-0051 東京都渋谷区千駄ヶ谷 4-9-7 電話 03(5411)6432［編集］
✦発売元	株式会社 幻冬舎 〒151-0051 東京都渋谷区千駄ヶ谷 4-9-7 電話 03(5411)6222［営業］ 振替 00120-8-767643
✦印刷・製本所	中央精版印刷株式会社

✦検印廃止

ISBN978-4-344-81815-6　C0193　Printed in Japan